《飞鸟集》汉译七言诗

张湘平 ◎ 著

亚洲首位诺贝尔文学奖获得者泰戈尔献给世界的礼物

让思想穿越黑暗，给生活增添诗意

附泰戈尔英文原诗及著名翻译家郑振铎译本

中国民族文化出版社

图书在版编目（CIP）数据

《飞鸟集》汉译七言诗/张湘平著.－－北京：中国民族文化出版社有限公司，2020.11
ISBN 978-7-5122-1421-7

Ⅰ.①飞… Ⅱ.①张… Ⅲ.①诗集－印度－现代 Ⅳ.①I351.25

中国版本图书馆CIP数据核字(2020)第193506号

《飞鸟集》汉译七言诗
FEINIAOJI HANYI QIYANSHI

作　　　者：张湘平
责任编辑：江　泉
责任校对：张嘉林
出　版　者：中国民族文化出版社　　地址：北京东城区和平里北街14号
　　　　　　邮编：100013　　联系电话：010-84250639　64211754（传真）
印　　　装：唐山楠萍印务有限公司
开　　　本：710mm×1000mm　1/16
印　　　张：17.5
字　　　数：250千
版　　　次：2022年8月第1版第1次印刷
标准书号：ISBN 978-7-5122-1421-7
定　　　价：88.00元

版权所有　侵权必究

恒河边上的诗哲：印度著名诗人、诺贝尔文学奖获得者泰戈尔像

海河东畔的湘客：青年翻译家张湘平像

泰戈尔飞鸟集演译七言

石痕书

著名书法家石痕为本书出版题字祝贺

目　录

序一　保原文情调，传译著精灵 ··· 001
序二　标新立异译名诗 ·· 004
序三　情采飞扬译泰诗 ·· 009
序四　名诗翻译出新苗 ·· 014
序五　青铜炊煮沁诗香 ·· 019
序六　睿智诗篇国韵吟 ·· 023
序七　飞鸟诗译遵绝律 ·· 027

第 001 首 ··· 001
第 002 首 ··· 002
第 003 首 ··· 003
第 004 首 ··· 003
第 005 首 ··· 004
第 006 首 ··· 005
第 007 首 ··· 005
第 008 首 ··· 006
第 009 首 ··· 006
第 010 首 ··· 007
第 011 首 ··· 007
第 012 首 ··· 008
第 013 首 ··· 008
第 014 首 ··· 009

第015首	010
第016首	010
第017首	011
第018首	011
第019首	012
第020首	013
第021首	013
第022首	014
第023首	014
第024首	015
第025首	015
第026首	016
第027首	016
第028首	017
第029首	017
第030首	018
第031首	018
第032首	019
第033首	019
第034首	020
第035首	020
第036首	021
第037首	021
第038首	022
第039首	022
第040首	023
第041首	023
第042首	024
第043首	024
第044首	025
第045首	025

第046首……026
第047首……026
第048首……027
第049首……027
第050首……028
第051首……028
第052首……029
第053首……029
第054首……030
第055首……030
第056首……031
第057首……031
第058首……032
第059首……033
第060首……033
第061首……034
第062首……034
第063首……035
第064首……035
第065首……036
第066首……036
第067首……037
第068首……037
第069首……038
第070首……038
第071首……039
第072首……039
第073首……040
第074首……040
第075首……041
第076首……041

第 077 首 042
第 078 首 042
第 079 首 043
第 080 首 043
第 081 首 044
第 082 首 044
第 083 首 045
第 084 首 045
第 085 首 046
第 086 首 046
第 087 首 047
第 088 首 047
第 089 首 048
第 090 首 048
第 091 首 049
第 092 首 049
第 093 首 050
第 094 首 050
第 095 首 051
第 096 首 051
第 097 首 051
第 098 首 052
第 099 首 052
第 100 首 053
第 101 首 053
第 102 首 054
第 103 首 054
第 104 首 055
第 105 首 055
第 106 首 056
第 107 首 056

第 108 首	057
第 109 首	057
第 110 首	058
第 111 首	058
第 112 首	059
第 113 首	059
第 114 首	060
第 115 首	060
第 116 首	061
第 117 首	061
第 118 首	062
第 119 首	062
第 120 首	063
第 121 首	063
第 122 首	064
第 123 首	064
第 124 首	065
第 125 首	065
第 126 首	066
第 127 首	066
第 128 首	067
第 129 首	067
第 130 首	068
第 131 首	068
第 132 首	069
第 133 首	069
第 134 首	070
第 135 首	070
第 136 首	071
第 137 首	071
第 138 首	072

第 139 首	072
第 140 首	073
第 141 首	073
第 142 首	074
第 143 首	074
第 144 首	075
第 145 首	075
第 146 首	076
第 147 首	076
第 148 首	077
第 149 首	077
第 150 首	078
第 151 首	078
第 152 首	079
第 153 首	079
第 154 首	080
第 155 首	080
第 156 首	081
第 157 首	081
第 158 首	082
第 159 首	082
第 160 首	083
第 161 首	083
第 162 首	084
第 163 首	084
第 164 首	085
第 165 首	085
第 166 首	086
第 167 首	086
第 168 首	087
第 169 首	087

目 录

第170首……………………………………………………088
第171首……………………………………………………088
第172首……………………………………………………089
第173首……………………………………………………089
第174首……………………………………………………090
第175首……………………………………………………090
第176首……………………………………………………091
第177首……………………………………………………091
第178首……………………………………………………092
第179首……………………………………………………092
第180首……………………………………………………093
第181首……………………………………………………093
第182首……………………………………………………094
第183首……………………………………………………094
第184首……………………………………………………095
第185首……………………………………………………095
第186首……………………………………………………096
第187首……………………………………………………096
第188首……………………………………………………097
第189首……………………………………………………097
第190首……………………………………………………098
第191首……………………………………………………098
第192首……………………………………………………099
第193首……………………………………………………099
第194首……………………………………………………100
第195首……………………………………………………100
第196首……………………………………………………101
第197首……………………………………………………101
第198首……………………………………………………102
第199首……………………………………………………102
第200首……………………………………………………103

第 201 首	103
第 202 首	104
第 203 首	104
第 204 首	105
第 205 首	106
第 206 首	106
第 207 首	107
第 208 首	107
第 209 首	108
第 210 首	108
第 211 首	109
第 212 首	109
第 213 首	110
第 214 首	110
第 215 首	111
第 216 首	111
第 217 首	112
第 218 首	112
第 219 首	113
第 220 首	113
第 221 首	114
第 222 首	114
第 223 首	115
第 224 首	115
第 225 首	116
第 226 首	116
第 227 首	117
第 228 首	117
第 229 首	118
第 230 首	118
第 231 首	119

第 232 首………………………………………………………	119
第 233 首………………………………………………………	120
第 234 首………………………………………………………	120
第 235 首………………………………………………………	121
第 236 首………………………………………………………	121
第 237 首………………………………………………………	122
第 238 首………………………………………………………	122
第 239 首………………………………………………………	123
第 240 首………………………………………………………	123
第 241 首………………………………………………………	124
第 242 首………………………………………………………	124
第 243 首………………………………………………………	125
第 244 首………………………………………………………	125
第 245 首………………………………………………………	126
第 246 首………………………………………………………	126
第 247 首………………………………………………………	127
第 248 首………………………………………………………	127
第 249 首………………………………………………………	128
第 250 首………………………………………………………	128
第 251 首………………………………………………………	129
第 252 首………………………………………………………	129
第 253 首………………………………………………………	130
第 254 首………………………………………………………	130
第 255 首………………………………………………………	131
第 256 首………………………………………………………	131
第 257 首………………………………………………………	132
第 258 首………………………………………………………	132
第 259 首………………………………………………………	133
第 260 首………………………………………………………	133
第 261 首………………………………………………………	134
第 262 首………………………………………………………	134

第 263 首	135
第 264 首	135
第 265 首	136
第 266 首	136
第 267 首	137
第 268 首	137
第 269 首	138
第 270 首	138
第 271 首	139
第 272 首	139
第 273 首	140
第 274 首	140
第 275 首	141
第 276 首	141
第 277 首	142
第 278 首	142
第 279 首	143
第 280 首	143
第 281 首	144
第 282 首	144
第 283 首	145
第 284 首	145
第 285 首	146
第 286 首	146
第 287 首	147
第 288 首	147
第 289 首	148
第 290 首	148
第 291 首	149
第 292 首	149
第 293 首	150

第 294 首 …… 150

第 295 首 …… 151

第 296 首 …… 151

第 297 首 …… 152

第 298 首 …… 152

第 299 首 …… 153

第 300 首 …… 153

第 301 首 …… 154

第 302 首 …… 154

第 303 首 …… 155

第 304 首 …… 155

第 305 首 …… 156

第 306 首 …… 156

第 307 首 …… 157

第 308 首 …… 157

第 309 首 …… 158

第 310 首 …… 158

第 311 首 …… 159

第 312 首 …… 159

第 313 首 …… 160

第 314 首 …… 160

第 315 首 …… 161

第 316 首 …… 161

第 317 首 …… 162

第 318 首 …… 162

第 319 首 …… 163

第 320 首 …… 163

第 321 首 …… 164

第 322 首 …… 164

第 323 首 …… 165

第 324 首 …… 165

第 325 首 …………………………………………………… 166

跋一　飞鸟灵思触心弦 …………………………………… 167
跋二　"可能"只属耕耘者 ………………………………… 172
跋三　诗哲光辉照吾华 …………………………………… 176
跋四　我与泰翁结缘久 …………………………………… 179
跋五　飞鸟集译著阅读 …………………………………… 183

后记　哲诗译就感师亲 …………………………………… 187

附一　律绝诗平仄格式 …………………………………… 189
附二　平水韵常用字 ……………………………………… 196
附三　律绝诗的对仗 ……………………………………… 207
附四　律绝诗的拗救 ……………………………………… 216
附五　今平古入声字 ……………………………………… 221
附六　平仄两用韵字 ……………………………………… 223

序一　保原文情调，传译著精灵

郭英剑

当看到《〈飞鸟集〉汉译七言诗》时，我想到了我国近代文学翻译的先驱、著名文学翻译家——林纾（林琴南）先生。

我们都知道，林纾先生并不懂外文，但他依靠懂外文的口译者，更仰仗他作为古文家深厚的古典文学功底，将四十余种世界名著译介到了中国。由于他不懂外文，因而，人们很难拿原文与译文进行对照去评价其翻译，但今天的学术界大都承认林先生翻译的特色在于保原文情调，传人物之神——这，是文学翻译之魂。

在我看来，林纾先生事实上从一开始就为翻译界开辟了一条不追求语言对等的形似而向往文学精神通达的翻译之路。后来，翻译家们都在追求形似与神似相统一的这条看似完美的道路上狂奔，逐渐丢弃了林先生所开辟的这条道路。应该说，林先生的翻译经验不能复制，后来懂外文的人越来越多，他所开创的翻译道路被人遗忘乃至遗弃在所难免。但我们也不能忘记的是，如果我们以他所追求的保原文情调、传人物之神的境界为最高目标，那么用何种形式去表达，则自然降为一个次要问题了——虽然这也不是一个不重要的问题。

《〈飞鸟集〉汉译七言诗》并非语言对等的翻译之作，在我看来，译者选择了属于林先生所开创的不求语言对等但求文学精神通达的翻译之路，并在这条路上继续开拓。

我们知道，《飞鸟集》是印度著名诗人泰戈尔的一部英文诗集，全部为无题小诗，形式不拘，篇幅大都不过一两行或两三行。内容都是日常事物，如小草、落叶、飞鸟、星辰、河流等。作者以其敏锐的洞察力，在这些只言片语中蕴含了丰富的思想、深奥的哲理，同时展现出了一种明快隽永的风格。

《〈飞鸟集〉汉译七言诗》采用中国古代汉语传统诗歌的体裁形式来翻译《飞鸟集》，实际上是挑战或开拓了当代文学翻译之路。其无视汉语与英语之间的对等与对比是显而易见的，但其努力追求两者之间相通的精神境界也是有目共睹的。而且译者的态度非常坦诚，不仅将泰戈尔小诗的英文原文附在后面，还将我国著名文学家、翻译家郑振铎先生的散文诗式译文放在后面，有时也附有其他翻译家的译文，让读者既可以看到原文，看到过去名家的名译，自然也可以对照自己的翻译。这份坦诚与自信，令人敬佩。

我以为，这部译作，实际上向翻译界提出了一个新问题：能否不去追求诗歌语言对等的准确，而采用我国古典乃至经典的诗词表达形式，力争达到译文与原文在文学精神上的通达之路？

我并无意将译者与林纾先生相提并论（如是，译者想必也会感到惶恐），我想说的是，采用中国非常传统的诗词形式去翻译如此现代的自由体诗，或许也不失为一种翻译方法的新尝试。

对此新生事物，大家都可以仁者见仁，智者见智。

2022 年 3 月 7 日下午于北京·中国人民大学

郭英剑，中国人民大学外国语学院院长、杰出学者、教授、博士生导师。南京大学英语系博士（1999 年），宾夕法尼亚大学英语系博士后（2001 年），哈佛大学英语系高级研究学者（2013 年）。曾任郑州大学外语学院常务副院长和中央民族大学外国语学院院长，创办河南省高校人文社科重点研究基地"郑州大学英美文学研究中心"并任主任、首席专家，被评为"河南省特聘教授"。享受国务院政府特殊津贴专家、国家首批"新世纪百千万人才工程"国家级人选、全国模范教师、教育部优秀青年教师，是国内多所大学的兼职教授。

郭英剑教授主要从事英美文学、文学翻译、英语教学、比较文学研究与高等教育研究。在国内包括中文核心期刊上发表学术论文 80 余篇，出版著

（译）作如《重申解构主义》《赛珍珠评论集》《全球化与文化》《大瀑布》《斯皮瓦克读本》《神秘的河流》等近20部，在国内学术界具有较大影响。

郭英剑教授是国家社科基金和国家教育部通讯评审专家、国家教育部学位与研究生教育评估专家、国家留学基金委留学归国人员科研启动基金评委、《中文核心期刊要目总览》评审专家。兼任全国英国文学学会常务理事、全国美国文学研究会理事、全国中美比较文化研究会理事、中国镇江赛珍珠研究会名誉会长、中国阅读学研究会副会长、《译林》杂志理事会常务理事、《中国英语教学》杂志编委等。

序二　标新立异译名诗

冷阳春

　　我是一个诗词爱好者，在阅览中国诗词之时，也读了几本外国名家诗集，因此便记住了拜伦、雪莱、普希金、泰戈尔等一些外国诗人的名字。我未读过泰戈尔完整的诗集，只在一册合编的汉译外国诗人的诗集中读过他的几首诗。知道他是近代世界著名的诗人，有多部诗集流传世界，其中以《吉檀迦利》与《飞鸟集》最为著名。前者以其视觉之敏锐，思想之睿智，词句之清新优美以及高超的创作技巧而闻名于世；而后者则创作于1913年，是一本散文诗集。诗中所涉及的内容包罗万象，抒发了诗人对自然、宇宙与人生的细致观察与认真思索，给予人们以思想的启迪，故为人们所喜爱而流传世界。

　　前日，诗友张馨先生来信，道其子湘平正在用汉语七言诗翻译印度诗人泰戈尔的《飞鸟集》，令我十分惊诧。我读过汉译的拜伦、雪莱、普希金的诗集，那种按音节的严谨翻译，不是一般人所能做到的，因此未表赞同。稍后，张馨便给我寄来了湘平翻译的10首《飞鸟集》中的诗章，并附上郑振铎先生昔日的译文。两相比较，我认为郑氏译文清新经典，别具一格，而湘平的译诗也有很多独特的风情和韵味，于是我去信表示支持，鼓励他在深入研究其诗原意的基础上展开想象，结合我国古典诗歌的完美艺术，大胆完成《飞鸟集》的翻译工作，让其作为一种新的尝试以博流传。

　　11月上旬，张馨先生寄来了湘平翻译的《飞鸟集》打印稿，全书325首，俱以七言诗翻译。张馨于信中致言，请我审改其稿，并撰序以为推介，因此我有幸先睹为快。我花了四天时间将稿件认真读了两遍，颇有兴趣，感觉良好。

当然，不当之处亦为他做了修改，使作品克臻完善。

湘平翻译的《飞鸟集》以严谨的格律形式，典雅隽永的词句，蕴藉含蓄，音韵和谐，平添许多韵味，令人读之兴趣盎然。由此显示了湘平不同的才华以及独具特色的创作艺术，令我由衷感叹："后生可畏也！"

在此，我摘录几章郑振铎先生翻译的散文与湘平翻译的格律以作比较，略抒浅见，并求教于方家。

第98首——湘平的译诗是：

灵魂忧郁缘新妇，今日新婚裹面纱。

等待长空张夜幕，轻松卸去露容华。

郑振铎的译文是："我灵魂里的忧郁就是她的新婚的面纱。这面纱等候着在夜间卸去。"

郑氏的译文，优雅而朦胧，犹如蒙上了薄纱的新娘，充满了浪漫和神秘。湘平则独辟蹊径，从另一方面道出了新郎在新婚之日的心境。未见到新妇真容的忧郁，盼望夜色早早降临，在洞房花烛之下亲手卸去新妇面纱，让她展露其窈窕容颜，让自己尽情欣赏。你们看，这个侧面多有人情味！

第117首——湘平的译诗是：

半退寒流雪正消，草芽探脑欲伸腰。

人间遍地添新绿，小草迎风举手招。

郑振铎的译文是："绿草是无愧于它所生长的伟大世界的。"

郑氏的译文，简单一句话，哲理深藏，意蕴深远。而湘平的译诗，则用当代人的思路，以寒流、冰雪、大地、春风等自然景象，衬托出绿草的特性与顽皮，灵秀生动，读之另有一番滋味。

第146首——湘平的译诗是：

少年我自爱书香，幻想群星入锦囊。

但看房间何所有，小灯未点借星光。

郑振铎的译文是："我有群星在天上，但是，唉，我屋里的小灯却没有点亮。"

郑氏所译，非常传神，道出群星闪亮的夜晚，主人公嗟叹屋里的小灯未曾点亮，令人遐想。而湘平的译诗，则从另一个侧面描写了一位好学的少年，幻想摘下天上星星置入布囊,光照书页,供其阅览。虽未遂愿,但在夜晚未点亮油灯的情况下,尚可借助天上的星光而苦学。如此,从另一个角度展现了主人公的生动形象,富有趣味。

第263首——湘平的译诗是:

清纯朴素美人间,瘦小花凋沃土还。

魂魄犹追蝴蝶影,相亲相爱乐悠闲。

郑振铎的译文是:"小花睡在尘土里。它寻求蛱蝶走的道路。"

郑氏所译,不经意间作了诗性陈述,道出了小花埋没尘土,犹思追寻蝴蝶的道路,于描写中藏有深深的意蕴,让人拍案叫绝。而湘平则用当下年轻人的思维方式,开拓了诗的境界。他首先描述小花曾以其清纯朴素的容颜增添了人间的美丽,后来凋落而归泥土。接着想象其灵魂不甘寂寞,欲追寻蝴蝶的身影,与其相亲相爱过那优游闲适的生活。这宛如一则微型童话,读之,能不惊叹译者之奇思妙想!当然,这样发挥译者的思维空间的做法是不是正确,在翻译界也有争议,但作为一种探索,不妨可以进行尝试。

第290首——湘平的译诗是:

虽怀爱意不同林,总有晨光再世心。

曾喜家山多丽日,桃花人面忆深深。

郑振铎的译文是:"总有一天,我要在别的世界的晨光里对你唱道:'我以前在地球的光里,在人的爱里,已经见过你了。'"

郑氏所译,高超地描绘出一个男子对太阳告白的情景,用的是景语,景中有爱意,形象而逼真。而湘平的译诗则选择了一个新的角度,描述了此男子对太阳的挚爱,将其视为自己恋爱的女子,面对其美丽的容光,怀有深深的眷恋。这个角度,让人也感觉到另外一种美!

第321首——湘平的译诗是:

朦胧暮色月星黄,树顶模糊古塔僵。

我等黎明先睡觉,醒来城市沐朝阳。

郑振铎的译文是:"在这个黄昏的朦胧里,好些东西看来都仿佛是幻象一般——尖塔的底层在黑暗里消失了,树顶像是墨水的模糊的斑点似的。我将等待着黎明,而当我醒来的时候,就会看到在光明里的您的城市。"

郑氏用了 77 个字一段散文诗,将黄昏中宝塔、树木,以及翌日光明里的城市叙述清楚,于描写中表达诗意,显示出翻译大师的驾驭文字的功力,令人爱不释手。而湘平用 28 个字一首七言诗,简练地描绘了两幅城市的图像——天色黄昏,见其树影模糊,宝塔僵立(这个"僵"字用得十分绝妙,显示其踏地顶天、纹丝不动的巍峨形态),待一觉醒来,已见到城市沐浴在晨曦的光辉之中。昨日黄昏,今日清晨,不同景色历历在目,宛如两幅色彩鲜明的图画,能不激起人们对祖国河山的热爱吗?!这从另一个侧面诠释了泰戈尔的文字之浑厚。

年轻的湘平的译诗当然无法与郑振铎相比较,但正因为他还年轻,译文仍然存在一些不足,未来还是有长足的发展空间。郑氏译作诞生在几十年前,人类文明进化到了今天,新的语言环境也会诞生出另一种语境、另一种韵味。我还要说明的是:湘平是足踏前人的肩膀去攀登艺术的高峰,倘若没有泰翁的原作、郑氏的译文,就不会诞生湘平的这部汉译七言诗诗集。我想,阅读这本诗集的读者自会仁者见仁、智者见智,对湘平的译作自有定评。倘广大读者与我有所同感,则可证明湘平翻译的这部《飞鸟集》已获成功,实属可喜可贺。

湘平自幼聪慧,品学兼优,为人称道。2015 年 7 月大学毕业,获天津科技大学经济学和美国库克大学工程管理学双学士学位。现在就职于中铁十八局集团国际工程公司迪拜分公司卡塔尔项目部,任助理经济师。2014 年 10 月,其在上大学期间,便由线装书局出版了散文诗集《意象世界》,2019 年 1 月,由天津人民出版社出版其诗词集《丝路雅韵》。而今,仅用两个月的休息时间就翻译了泰戈尔的名诗集《飞鸟集》。由此可知其在文学创作方面非同寻常的天赋,以及其执着与勤奋。湘平尚年轻,风华正茂,以其超群才识与对文学艺术的热爱,谅必其未来将有更多的作品问世,成为中国文学界的一颗新星,为中华之文学宝库增添更多的光彩。

此外,他的母亲李贵耘女士,为这本汉译诗集之成功倾注了大量的时间和心血。其为译诗中一些词汇和典故旁征博引,注释周详,减少了一些读者检索考稽之劳,为我所欣赏,特示钦佩。

我才疏学浅，不擅文赋，谨以此为序。

2018年11月12日撰于湖南沅江

冷阳春，笔名萧辛。生于1949年农历十月十八日，湖南省沅江市草尾镇人，农民，初中肄业。1977年冬因公致残，长期卧床。1979年开始诗词、楹联创作，发表在《中华诗词》《湖南诗词》《当代诗词》等杂志的诗词作品500余首，并在国家、省级诗词楹联参赛中获奖80余次。系中华诗词学会会员、湖南省楹联学会会员，出版有《刑天诗稿》及《刑天诗稿·增订版》等。帮助别人审改、编辑和校对诗词文集40余部。

序三 情采飞扬译泰诗

王向峰

　　印度著名作家泰戈尔的作品在中国有众多读者并有广泛影响。他的短诗集《飞鸟集》早有郑振铎先生的散文诗体的译本，全书325首，虽然在体式上篇章简短，每首只有一二句或三五句话，类似于格言诗，但诗文中的哲理寓涵深刻，情采飞扬，使人读后有含英咀华、美不胜收的审美愉悦。

　　《飞鸟集》中的每首诗都是短章，读来有如读近体诗绝句的感觉，不论是英语的原文，还是郑振铎先生翻译的散文诗译本，其中浓厚的意境与灵动的意象，不仅能引发读者欣赏的兴致，也能激发读者以其为题材的创作灵感。不过，面对十分现实的存在，即泰翁的原著和郑公的译诗，都已有足够的人欣赏了，即使某个人有话要说，那也不过是读后的审美鉴赏文章而已，难以有更多的新颖的评论。擅长于近体诗写作并曾留学于美国纽约州库克大学的张湘平，面对英汉两种文本的《飞鸟集》，要一试新的对话方式：用七言诗这种体式译出一本别开生面的《飞鸟集》。对此我最想说的感想是：原来外国诗还可以这样译啊！

　　在不同国家不同民族语言的文学作品转译中，向来公认的翻译原则主张是"信、达、雅"。"信"，即准确，是第一原则，但不能硬译——中国近现代翻译史上已有"牛奶路"之讥；"达"，即通达，被译成的语言必当与本国文化风情相适合；"雅"，即有文采，有美感，在不失"信"和"达"的前提下引人喜闻乐见。张湘平以七言诗的体式翻译《飞鸟集》，页面上有原文与散文诗译文为参照，继以自己对原诗的揣摩和理会为译诗的起点，引原意以赋七言的格律，以符合"信、达、雅"为至极目标。试以书中第236首的译诗为例，加以三种语式文字比较，以见其语异而意同，并各有其美妙之处。

泰戈尔《飞鸟集》的原诗是：

The raindrop whispered to the jasmine, "Keep me in your heart forever."

The jasmine sighed, "Alas，" and dropped to the ground.

郑振铎先生所译的散文诗是：

雨点向茉莉花微语道："把我永久地留在你的心里吧。"茉莉花叹息了一声，落在地上了。

张湘平的七言汉译是：

　　雨点悄声求茉莉：心中将我永长留。

　　只闻花作柔微叹，遗恨无言落地休。

这首诗写的是雨滴和茉莉花的对话：倾情的雨滴在下落时向茉莉花轻轻低语，祈求花儿将自己永远记在它的心里；茉莉花闻言叹息一声，在雨滴的催促下竟有恨无言地堕地。

原诗采取拟人手法，从有言与无语对话，深涵哲理与人情，爱与恨之间竟如此地背反，其滋味使人愈品愈深，不禁使人想起唐代韦承庆那首《南行别弟》："澹澹长江水，悠悠远客情。落花相与恨，到地亦无声。"古今中外的人情感受和爱恨无声，竟是如此的辙迹相同。

两个版本的译作都充分表达了茉莉和雨滴之间和谐交融的关系。郑振铎先生采用的是自由体散文诗译法，译诗准确、传神，让人叹为观止；七言译者采用的是七言体诗的译法，读起来朗朗上口，品起来韵味有加。

本诗的意象寓体是落下的雨水要求花朵把它贮存在美丽的花心里，但因雨水灌注的花朵却顿然萎落成泥，真可谓"志士凄凉闲处老，名花零落雨中看"。张湘平的七言译诗，与郑译的意思相同，但有押韵、平仄和粘连，以致词序与句法亦相应有变，文字亦有增减。而这又是译诗必有的变通方法。

其实以汉语翻译外国语文学，以中国旧体诗的体式译外国诗，在中国的翻译文学史上并不乏所见。郭沫若先生专好以古典诗赋的体式翻译外文诗。他以五言古绝体翻译歌德的《五月歌》、施笃姆的《林中》、雪莱的《云鸟曲》

和《转徙二首》，并对《转徙》（其二）注云："原文每节五行，为调韵计，各译为五言八句。译文的'爱恋如昙花，苦多乐良瘦'两句是意译"；他以七言古风翻译杜勃罗留波夫的《死殇不足伤我神》；他以楚骚辞赋体翻译雪莱的《招不幸辞》，并注语：因原诗"情调哀恻，音节婉转，最宜以我国骚体表现"（以上所列郭沫若译诗均见《沫若译诗集》，人民文学出版社，1955年版）。由此可见，以中国古代诗赋式翻译外国诗歌是有一定自由度的，如果刻板对待，势必是此路不通。

还有一个最为典型的译诗案例，就是匈牙利爱国诗人裴多菲的一首题为《自由与爱情》的名诗，其匈牙利语原文是：

> Szabadság, Szerelem!
> E kettö kell nekem
> Szerelmemért föláldozom
> Az életet,
> Szabadságért föláldozom
> Szerelmemet.
> –Petöfi Sandor.

此诗是 1929 年由"左联五烈士"之一的著名诗人殷夫（白莽）最早翻译过来的。殷夫的译诗，遵循中国五言绝句诗的特点，把每一句都译成五言，且有韵脚，所以读起来朗朗上口，最为人们所熟悉。鲁迅在 1933 年 4 月写的《为了忘却的纪念》中公布了这首诗，在当时影响巨大。不过，这种译法对原诗的句式和词序皆有改动：

> 生命诚可贵，爱情价更高。
> 若为自由故，二者皆可抛。

我国著名翻译家孙用（原名卜成中，字用六，浙江杭州人），1954 年在匈牙利在华留学生帮助下对此诗进行了重新翻译，收进《裴多菲诗选》。后又刊登在 1957 年第二期的《读书月报》上：

> 自由，爱情！
> 我要的就是这两样。
> 为了爱情，

我牺牲我的生命；

为了自由，

我又将爱情牺牲。

当代著名翻译家、作家兴万生，曾翻译出版了《裴多菲抒情诗选》一书，他将这首小诗又作了重新的诠释：

自由与爱情！

我都为之倾心。

为了爱情，

我宁愿牺牲生命，

为了自由，

我宁愿牺牲爱情。

一首诗的三种汉语译法，总体上是一个意旨：自由与爱情都是人所宝贵的，但二者选一还是自由当先。对于这个思想的传播，三种译法各有千秋，各有侧重，但从实际历史作用来说，或是从阅读效果来看，最终还是殷夫的五绝体的译法更有利于传播，这不能不承认这里有"言文行远"的体式助力。

话说回来，张湘平以七言体所译的《飞鸟集》，由于其体式是七言诗，我读来感到有以下几个特点值得肯定：

首先是在尊重原诗的原意前提下，以传达原意为主导，虽在体式上改变了形态，但突出了原诗的哲理情思。

其次是以七言诗的形式译泰戈尔诗，使中国读者不仅读来有本土的文化气息，在利于背诵的条件下也易于接受。

最后是附有《飞鸟集》的英文原文为参照，可由读者以英语检视汉译，评议译诗，看其变为七言载体后因由语言和体式变化而带来的长处与短处以及得失。

泰戈尔的《飞鸟集》是一部经典性的诗作，思想深度与用语遣词都非寻常之诗可比。对这样的作品进行汉译，而又用七言诗的形式，可谓难上加难。

张湘平有知难而进的勇气，并能取得如此优异成绩，实在是应予鼓励，堪为嘉奖。

2018 年 11 月 27 日于辽宁大学

  王向峰，1932 年 11 月 9 日出生于辽宁省辽中县大岔村，1958 年毕业于吉林大学中文系，辽宁大学教授，北京师范大学文艺学中心研究员、博士生导师，中国国学研究院专任教授。中国作家协会、电影家协会、民间文艺家协会会员，辽宁省美学学会名誉会长，诗词学会副会长，中国文艺理论学会、辽宁省文联、作协、社科联、文化交流协会顾问。曾任辽宁大学学位委员会副主席和学术委员会副主任、中文系主任，培养博士和硕士 70 余名。发表论文与评论 500 余篇，自撰与主编的专业著作 60 部，有 9 卷本《向峰文集》出版。在辽宁省和全国获奖 30 多次，其中有辽宁省人民政府首届哲学社会科学成就奖、国家教委学术专著奖、中国文艺理论突出贡献奖、第三届鲁迅文学奖、首届中华优秀图书奖。是辽宁省、沈阳市劳动模范，享受国务院政府特殊津贴。

序四　名诗翻译出新苗

李　军

泱泱华夏，诗之国度。自孔子删诗三百，屈原赋《离骚》，魏晋风骨，唐风宋雨，一脉相承。元曲兴盛，清诗复苏，创新各异。各代的名家大作浸淫在历史长河中，筑建了一座座诗词丰碑，成为中华民族优秀传统文化的重要组成部分。虽然各个历史时期的诗词艺术风格各有特点，但有一点是一以贯之的，那就是传统诗词极重视语言锤炼、字斟句酌、一推一敲，费尽功夫，所以语言高度凝练。而"五四"以来的新文化运动却是中国诗歌史上的分水岭。随着西学东渐，自由诗不断普及和发展，在一段历史时期，自由诗逐渐取代了传统诗词，成为诗歌的主流。

随着传统文化的回归，国人的文化自信也不断增强，传统诗词创作再度繁荣，网络的发达也起到了推波助澜的作用。如今的诗词创作群体数以百万计，从数量上已超过了历代的总和。创作题材也深入到了中外社会实践的各个方面。在诗词翻译上，许多有志之士也做了大胆的尝试。去年我策划编辑了一本《杜诗全译精注》，作者为河北大学博士生导师韩成武教授，他将1438首杜诗都翻译成现代诗歌，这也是杜诗研究史上一次大胆的尝试。我很高兴有机会能参与到这样的新生事物当中，在集子出版之际，我曾赋诗一首，结尾二句是"一朝缃缥如云叠，挟带香风漫九垠"。这样的兴奋还没有消退，一本新的诗集又来到了案头，这便是张湘平的《〈飞鸟集〉汉译七言诗》。

多年来，我曾编辑过近百种个人诗词集，但将世界名著用传统诗词翻译的集子，在我编辑生涯中还是第一次。我对现代诗歌知之不多，印象中的国外诗人只有雪莱、拜伦、普希金、莱蒙托夫等十几人。泰戈尔的《飞鸟集》，我在大学时代粗略读过，随着时间的推移大多忘却了，用格律诗改写它，我并不看好，总以为异国文化差异、年代背景差异、表现形式差异，使这样的译作或许会徒劳无功，甚至不伦不类。带着疑惑与几分期许，我开始翻阅这个集子，谁知一首首清新隽永的小诗却把我深深吸引，让我几乎连夜一口气读完了它，竟不知"东方之既白"。

对于湘平的译作，我的第一感觉便是这个年轻人的诗词格律功底非常地扎实。格律诗词与自由诗最大的区别在于其创作要遵循严格的格律规范，而诗词界普遍把古音古韵作为主流创作规范，这对习惯于讲普通话的年轻人来讲尤为不易。所以格律诗词被称为"戴着镣铐的舞蹈"，也许这个"格律镣铐"本身也是其魅力所在。我听过很多大学中文教授的诗词讲座，他们能把李杜诗篇讲解得细致入微，头头是道，但正是他们，有时也"口占"几句诗词，却破绽百出，贻笑大方。因为于诗词创作他们还没有过最基本的技术关，即不知"格律"。而湘平的作品，绝无任何格律瑕疵，不仅平仄粘对、古音韵部等运用无误，即便连"孤平自救""小拗对句救"这样的特殊技巧也能信手拈来、游刃有余。不下一番苦功，做到这点是不可能的。使用古音古韵的诗者，往往特别关注入声字的使用，古入声字派入今平的字，出错的不多。但对于古平今仄的字，却极容易出错，而湘平的诗中却把握得相当准确。如"荒山小径且纵横"中的"纵"字、"清水专供夜不眠"中的"供"字，这两个字在古声律系统中均属平声，湘平运用得如此精准，这一点是尤为难得的。

格律只是基础，格律诗词重在意境，而如何保持格律诗词的特殊表达方式，又忠实地反映原作的主旨，符合"信、达、雅"的翻译原则，是一个不易解决的问题。也许正因如此，在我的认知中，国外的诗歌翻译也多以自由诗或者散文诗的形式出现，虽然也有个别如"生命诚可贵，爱情价更高"那样的经典译作流传于世，但毕竟如凤毛麟角般为数不多。而在这点上，湘平却做了大胆的尝试，试看其第008首译作：

相逢人面桃花下，暗送灵犀一点温。

情盈两眼如丝雨，终夜绵绵绕梦魂。

对照郑振铎译文："她的热切的脸，如夜雨似的，搅扰着我的梦魂。"

我们不难看出，湘平的译作同郑振铎译作一样，忠实了原作的主旨，包含了原作的所有意象，如"梦魂""丝雨"各有对应，同时还赋予了作品新的内涵。如原作中"脸"字，在译作中拓展为"人面桃花"，这无疑源自崔护的"去年今日此门中，人面桃花相映红"，那是一个众所周知的爱情传说。而承句"灵犀一点"源自李商隐的"身无彩凤双飞翼，心有灵犀一点通"，凄美的爱情故事。经典的爱情诗句，被湘平信手拈来，天衣无缝地安排在译作中，别开生面，用传统的意象，使泰戈尔的爱情小诗更加形象化、具象化，被赋予了新的生命。可以说这已经不是简单的译作了，而是在"信、达、雅"翻译原则基础之上的再创作。如将泰戈尔的原作比喻成美好的生活篇章，那么湘平的译作则用当代中国人的视角，使译作更符合当代中国人的审美情趣，更体现了传统诗词的含蓄之美。

这样的例子比比皆是，不胜枚举。如"薄酒三杯为饯别，依依不舍约明春"，这无疑便是"阳关三叠"的翻版；"死生进退易怀忧，爱恨川流逝去愁"，这更是汲取了《岳阳楼记》的营养，反映了作者深厚的文化底蕴和诗词功底。古典诗词文赋的意象与泰戈尔原作的巧妙结合是湘平译著的显著特点。

"君子性非异也，善假于物也。"化用是古典诗词常用的表达方式，甚至直接套用前人的句子，只要运用得当，便能够达到非常好的艺术效果。辛弃疾有一阕《一剪梅·游蒋山呈叶丞相》，四字句多处用了前人名句，如"今我来思，杨柳依依""桃李无言，下自成蹊"，用在作品中不着斧痕，可谓妙趣天成。湘平的译作里，也不乏这样的例子。如第056首，郑振铎的译诗是："我们的生命是天赋的，我们惟有献出生命，才能得到生命。"这里，郑振铎的翻译是精准的，语言是美妙的，而湘平的译诗则换了一种方式，他译为：

　　吾侪生命由天赋，家国蒙羞重任肩。
　　为有牺牲多壮志，敢教日月换新天。

转结二句，直接套用了毛主席诗词。而用在这里，不仅格律无误，更是译出了泰戈尔原作的精髓，这便是化典无痕的典型例子。

"兴、观、群、怨"是诗词的社会功能，而这样的功能在湘平的译著中同样得以体现。泰戈尔的原诗应属朦胧诗派，在译著中如何体现其社会功能是一个难题，如何在原作本意的基础上融入作者的情感认知需要很高深的技巧。这

就需要译者既要忠实于原作,又要具备发散思维,融入自己的情感与合理的想象。试看湘平翻译的两首小诗:

家国情怀胜旧时,书生致世更为师。

经营热土凭心力,自有累累硕果垂。

而泰戈尔原作第 278 首的译文仅仅是一句话:"我们在热爱世界时,便生活在这世界上。"另一首诗泰戈尔的原诗第 178 首译文为:"我把小小的礼物留给我所爱的人,——大的礼物却留给一切的人。"而湘平的译作是:

修炼人生增智慧,新鲜物赠爱人留。

主攻科技兼文艺,贡献全交大众收。

十几年前,我在中华诗词网校首期培训班的毕业典礼上讲过一个观点,我们的诗词到底写给谁?我一直主张,诗词是作者的情感载体,反映的是作者的真实感受,所以,我们的诗词首先是写给自己的。我想,湘平的这两首小诗,同样表达的是自己的心声,他在译作中不由自主地把自己的人生境界、家国情怀都融入了诗中,把原作赋予了新的内涵。而作者的人生追求是把个人的理想与祖国的命运连接在一起的,是积极向上的,奏响的是时代的强音。

湘平的父亲张馨是我的好友,与我同龄,我们以诗结缘,他给过我们诗词学会很多无私的帮助。从张馨兄口中,我了解了他传奇的爱情经历,在李贵耘(湘平的母亲)女士的散文集中我仿佛看到了情景再现。在那个物质贫乏的年代,文学把这对天南地北的青年男女连到了一起,鸿雁传书,以至千里寻情,相识相爱,一起走过了风风雨雨的日子,至今伉俪情深,也培养了一位优秀青年——张湘平。这是一个令人羡慕的家庭,各自事业有成,各自不忘初心,怀揣着诗人之梦,以诗词文章为载体,抒发着高尚的情感,呈献给读者的不仅仅是绚丽的诗篇,更是滚烫的爱心。

湘平我从未谋面,以前张馨兄时常发来些他的作品让我点评,湘平亦尊我如师长。印象里他的作品中描绘的大多是战天斗地的工作场景,不仅时代感强,而且充满着科技气息。读了湘平的这部集子,这个有志青年的形象逐渐地饱满起来,我也很高兴能有这样的优秀学生。湘平的诗句中,有深沉的爱、浓郁的情,而这种情与爱不仅仅是风花雪月的小资情调,更有对人生的思考,对家国的热爱,对一切美好事物的追求,承载着大爱情怀。

《飞鸟集》汉译七言诗

　　于诗词一道，湘平还是有充分的提升空间的。我也提出了一些修改意见，他基本上都做了调整，或许有些调整有违其本意，只是出于对师长的尊重。"吾见其进也，未见其止也"，湘平是个朝气蓬勃的青年，我想随着生活经验的积累和人生阅历的丰富，他的学识也将日渐精进，将来定能创作出更加辉煌的诗篇。我与张馨伉俪一起，期待着这个年轻人如诗如画的明天。

　　用一首小诗作结，算是对湘平的勉励，也寄予着无限的期盼：

　　　　飞鸟翩翩唤醒春，嘤鸣百啭物华新。
　　　　清歌纵有千千阕，但取澄怀一点真。

2018 年 1 月 30 日于天津教育出版社

　　李军，字易之，别署易水长虹，国家注册编辑。师从余德泉、王蛰堪先生研习楹联诗词，平生致力于诗联文化研究、编纂与传播。系天津市诗词学会副会长兼秘书长、天津楹联学会顾问。多次主持全国诗词楹联大赛评审工作，历任中国百诗百联大赛评委及诗词监审组组长。策划出版《中华对联通论》《杜诗全译精注》等诗词楹联类图书近百种，主编有《中国百诗百联大赛参赛作品精选》《中华诗词库》《笔下烟云》，著有《千家诗校注》《诗经校注》《宋词选粹》等。

序五　青铜炊煮沁诗香

莫永甫

经过翻译，一部带有印度风格特点的泰戈尔著名诗集，就变成了很纯粹的具有中国韵味的格律诗集。

读着张湘平翻译的泰戈尔的著名诗集《飞鸟集》，感受十分奇特，仿佛是中国古典青铜炊煮出来的阵阵诗香，逐渐沁人心脾。

格律诗是中国几千年来诗歌发展的奇迹和精华，是世界上绝无仅有的文学塔尖上独特辉煌的形式。诗歌的发展总是与形式相伴的。不同时代的诗歌总具有自己的独特形式。

我们读文学史，常常会有这样的感觉：中国的诗歌从诞生就是以两字诗的形式出现的。《吴越春秋》的《勾践阴谋外传》中的《弹歌》，有人认为是黄帝时代的原始猎歌，也有专家认为是二言绝句：

　　　　断竹，续竹。

　　　　飞土，逐肉。

"肉"，南方的发音是（如），这样读出来，这样表现出来，就是一首押韵诗了。

到了《诗经》时代，两字诗就发展为四字诗了。诗的表现力更丰富了，诗的韵味也更美了。如《诗经》开篇之《关雎》：

　　　　关关雎鸠，在河之洲。

　　　　窈窕淑女，君子好逑。

南方的《楚辞》，则开辟了三字诗的形式。

汉乐府在《诗经》双音节结构和《楚辞》三音节结构的基础上，创新为五言诗，成为二、三结构。

在这简单的勾勒中，我们看到中国诗歌的形式由简单到复杂的发展道路。

南北朝时期，各少数民族入主北方，汉文化的语言和少数民族的语言开始了融合的历史。这中间还有佛教的传入带来的佛学语言的影响，外来语言的生命力深深地影响了中国诗歌的创新和发展。

数千年的诗歌在变革，在锤炼中走到了大唐王朝，终于赢来了全面创新的伟大时代。

今天来看发端于大唐的格律诗，单看形式，世界上没有哪一种诗歌可与之相比。诗有定句，句有定字，字有定声，韵有定位，律有定对的形式之美；又有启、承、转、合及对仗的结构之美，抑扬顿挫的音韵之美。诸多规制的严格，最终造就的形式之美，在诸多的艺术门类中，可与京剧形式媲美。

律诗，是对字数、句数、平仄、音韵、对仗等有诸多限制的诗歌形式，如从文艺创作要追求诗思的自由来说，规制严格的律诗是创作自由的悖论。可是大唐的诗人们，他们的诗歌创作就是戴着律诗的镣铐跳舞，而且跳出了绝世的辉煌成就。

泰戈尔，亚洲第一位诺贝尔文学奖获得者，被誉为印度诗圣。其代表作《飞鸟集》被誉为史诗般的诗集，清秀动人，字字珠玑。

冰心曾说："我并不是在写诗，只是受到了泰戈尔《飞鸟集》的影响，把许多'零碎的思想'，收集在一个集子里而已。"

台湾民谣教父胡德夫在品读《飞鸟集》时这样评价说："生活难免困顿迷茫，诗能够把我们从现实世界的麻木中解救出来，让眼睛变得清澈，让我们有怦然心动的能力，看到这个世界的美丽与脆弱。诗里有梦，关于文学，关于爱情，关于穿越世界的旅行。"

面对这样一位世界杰出的大诗人和他的经典之作《飞鸟集》，张湘平要用中国古代传统诗歌的形式来翻译，可见其崇敬之心。

其实践之路，都由辛苦铺成。

记住律诗的格律是必须的。

格律很繁杂。单说格律诗的基本知识，就有"五大要素；平仄；押韵；一三五不论，二四六分明；律诗的四大忌讳"之多，遑论其他。

记住格律不等于就会写律诗了，律诗的创造更是一个长期的实践过程。这方面，张湘平的旧体诗词集《丝路雅韵》（已于 2019 年 1 月由天津人民出版社出版，全国新华书店发行）足以见证了其长期的旧体诗词创作锻炼。

张湘平为翻译泰戈尔《飞鸟集》的准备之花开得怎样呢？

且看第 023 首：

泰戈尔原诗："We, the rustling leaves, have a voice that answers the storms, but who are you so silent? I am a mere flower."

郑振铎译文：

"我们，萧萧的树叶，都有声响回答那风和雨。但你是谁呢，那样的沉默着？我不过是一朵花。"

张湘平的汉译诗句：

睡叶因风扯醒惊，匆匆雨至点头迎。

孤花默立山溪畔，满腹伤心热泪盈。

与郑振铎的译诗相比，张湘平是站在郑振铎肩膀上的再创作，当然要有新的发现、新的表达，所以，他把树叶与花的问答更形象更生动化了。沉默的花在张湘平笔下有了另一份情感。

格律诗如律条的形式关和运用关，是用格律诗翻译的第一关，张湘平闯过了第一道难关，且展现了形象的生动和情感的生动。

第二道难关则更为险峻。

《飞鸟集》所表现的哲思，是吉光片羽的。它是人类智慧的一个点，或如河面上的一块踏脚石，连接着的则是人类的智慧之路。最难最险的点就在于此，站在这一个智慧之点上，要读出哲思的延展之路。当然，这个点，还是一个延展解读的广阔空间，不同的个人，可以基于此，解读出不同的诗意。

我们看第 031 首：

泰戈尔原诗：The trees come up to my window like the yearning voice of the dumb earth.

郑振铎译文："绿树长到了我的窗前，仿佛是喑哑的大地发出的渴望的声音。"

胡德夫的译文："绿树长到了我的窗前，仿佛无声的大地发出的渴望的声音。"

胡德夫还有一段很好的解释："窗外，是枝繁叶茂的大树，树叶沙沙作响。是树和土地的共融，成就了眼前的风景。大地给予树的滋养，就如同梦想给人带来的支撑，在对未来的渴望中，长成了参天的样子。"

胡德夫可说是深度解读，同时也是延展解读了。

张湘平是如何用七言诗来做延展解读？请看他的译文：

　　风扶柳树长窗前，绿影相陪爱意绵。
　　挥笔诗行成绝句，枝吟叶语诵全篇。

这样的解读，又有了一个新的角度，让人感觉到爱意，缠绵而美丽，深沉而感人。

生长于窗前的杨柳，倾尽全力探身于纱窗，为的是用满树的绿荫陪伴着窗内的人。窗内的人，不停地挥笔书写对杨柳的爱意，杨柳每根树枝的颤动、每片绿叶发出的声响，都在吟诵窗内人的诗歌。

如此解读，深沉细腻，非常感人。

踏破了格律诗格律的难关，踏破了延展解读的难关，张湘平翻译的《飞鸟集》，既充满了律诗的形式美，又飞扬着原诗的吉光片羽之美。读之，诵之，常常感觉有古典青铜炊煮的诗香飘荡在书页之间。

是为序。

2019年1月25日凌晨4：00 于辽宁本溪湖畔

莫永甫，《本溪日报》主任记者，央视嘉宾，辽视嘉宾，辽宁省作家协会会员，辽宁省散文家学会常务理事、副秘书长，本溪市社会科学学科带头人。出版专著《往事如铁》《本溪记忆》《千年古镇》《这一片云曾是我们的天》《重启历史之门》《"第三只眼"看卫生》《风云平顶山》等多部，并获省、市奖励。

在《人民政协报》《纵横》《鸭绿江》《辽沈晚报》《读者·人文读本》《新民晚报》《沈阳日报》《深圳日报》等国家级、省级报刊发表作品近百篇，有近300万字作品问世。

序六　睿智诗篇国韵吟

李修平

比较闲暇的时候，我最大的享受是吟诵几句经典的诗歌名句，往往，泰戈尔就这样进入我的齿唇。天空中没有翅膀的痕迹，而鸟已飞过。这样的时候，我的心是散乱的，情绪低沉。文学的力量很神奇，一句诗就能让你找到自信，重新振奋，坚定人生的信念。

是什么时候爱上泰戈尔的呢？似乎就是从这首诗开始的吧。那个时候我正在读林徽因的《你是人间四月天》。

1924年的春天，对于中国新诗而言具有划时代的意义，泰戈尔的访华促使了新月派的兴起。访华期间，林徽因和徐志摩是泰戈尔的翻译，两人都是当时新月派的重要代表。泰戈尔的作品也就是从这个时候开始大量进入中国读者的视线。泰戈尔的访华，中国掀起了空前的"泰戈尔热"，当时有影响的刊物都刊登了他的作品，而且，泰戈尔的重要著作几乎都有了中译本或节译本。陈独秀、刘半农、郑振铎等人以及《小说月报》和《少年中国》杂志翻译发表了大量泰戈尔的诗和介绍文章。

因为欢喜，也有崇敬，我对民国时期的文坛总是情有独钟，心存好奇。我收藏的泰戈尔的作品也多是那个时候的译本。

在林徽因的作品里收有一张特别清晰的老照片，是泰戈尔在访问北京时与林徽因、徐志摩的合影。泰戈尔站在两人的中间，头戴棉帽，脚穿布鞋，身穿长袍，那浓密略显灰白的长胡子与高大魁梧的身材给人一种特别慈祥睿智的感觉。

《飞鸟集》汉译七言诗

凝视尘封久远的历史照片，我曾陷入沉思，曾心潮澎湃，想象当时的情形，冥冥中感到林徽因与徐志摩是特别幸运的人。泰戈尔的形象也就因为这张照片在我脑海里挥之不去。

泰戈尔一生创作丰硕，他的诗集我基本上都读了。

泰戈尔的诗歌采用孟加拉文写成，原诗具有节奏、韵律和排列等形式要素，翻译成英文后原诗的艺术、形式应该有所异变，中国的翻译都是根据英译本，受翻译自身的局限也就会使泰诗原有的感情、韵味、形式再次发生变化。所以说我们读到的泰诗应该不是原创了，但这丝毫没有影响这位伟大诗人精湛艺术和睿智思想光芒的闪耀，只要你接触，就必然能够得到哺育滋养，深受感染。

感谢一代代辛勤的翻译家，通过他们对原著的忠实与再创作，让广大中国读者的感情能够直逼这位印度文化巨人的心灵。还要感谢两位前辈郑振铎和冰心先生。是郑振铎的翻译让我走进了泰戈尔的艺术世界和精神领域，是冰心的创作实践让我非常崇尚清新短小隽永的散文诗。

阅读泰戈尔，我已习惯于那种毫无雕琢、灵动自如，每一段都充满诗情画意又闪耀思想光芒的风格。当我收到一部《〈飞鸟集〉汉译七言诗》译著的时候，首先是惊愕，继而是新奇，随着对这部译著的深入研读，即萌发理解和钦佩。其实翻译世界名著有多种方法，我们阅读世界名著也有许多途径，译者和读者都需要尝试和创新，只是这种尝试是需要勇气和才华的。《〈飞鸟集〉汉译七言诗》的出现让人耳目一新。原来自由的泰诗还可以以格律的方式译读。

《〈飞鸟集〉汉译七言诗》一书的译者张湘平，美国纽约库克大学毕业，是一位 90 后的经济学和工程管理学的双学士。在科学技术研究上已有多项发明专利。他在业余时间阅读了大量的古今中外名著，从初中就开始学习创作新诗，在大学开始旧体诗词、散文诗、散文的写作，参加工作后还写小说，特别是对汉唐诗歌和泰戈尔自由诗有一种执着的偏爱和很深的研究，已有新诗集《意象世界》和旧体诗集《丝路雅韵》出版。他是天津市作家协会会员，职业却是中铁十八局集团国际公司迪拜分公司卡塔尔项目部职员。他出生在一个文学氛围很浓的高知家庭，父亲张馨和母亲李贵耘都是河北省作家协会会员，不仅合著有长篇小说，而且各自都有著作问世。

我这样不厌其烦地介绍译者并不是索隐猎奇，而是要给自己建立一种阅读自信。有自信才会有阅读的快感。这一点我达到了。译者深厚的古典文学修养、果断的探索精神和敢于走前人没有走过的道路的执着，激励他去做这么一件也许并不为人看好而对他却是一件特别有意义的事情。美好的愿望像翅膀，在他的面前划出了一条宽阔的航道，而他要走的却是一条芳草萋萋烟雨空蒙的汉唐古道。

《飞鸟集》以其简练柔和的语言，轻轻道出一个个哲理，淡淡地表现出泰戈尔对人生不同时刻的深切感受，真切地记录了诗人的心路历程，仿佛一只旅途之鸟留下的一个个足印，虽然鸟的足迹是散乱的，但还是有迹可循。在一两行的诗句中，往往捕捉一个自然景物，叙说一个素理，犹如空中的闪电，海波的泛光，夕阳的余晖，黎明的暗影，给人一种鲜明的印象，蕴藏一种深奥的哲理。把英语文学，或者说孟加拉语文学，变成中国人耳熟能详的汉唐诗歌文学，这本身就是一种挑战。既是在挑战前人，也是在挑战传统，更是在挑战自己。面对一颗博大的心，他必须精准进入，面对精深博大的人生哲理之光，他必须悉心捕捉、精细把握，他必须把诗人的所思所想，化为自己的血液，重新构架，像春蚕那样吐出古典中国化的译者个性化的新丝。

一切成功在尝试。在这部译著中有许多值得称道的尝试。译著中汉译七言诗自然是主体，难能可贵的是还有译者母亲李贵耘女士的笺注，包括英译对照，而且每首七言诗都附有郑振铎先生的译诗，还有对译者在七言诗创作中用典的注解，个别诗还附有其他翻译家的经典译作。一书在手，我们就是在多级的文化层面上跳跃，同时在享受西餐与中餐的味道。一些脍炙人口的诗句时常跳进我的脑海，就像我们念念不忘唐诗宋词中的名句一样。阅读泰戈尔的作品，我们总能感受到一种振奋人心和进取奋斗的精神鼓舞。张湘平把握了泰诗的格调，读他的译诗也让我感觉到这种精神的愉悦。

泰戈尔是印度最伟大的作家，是第一位荣获诺贝尔文学奖的东方人。中印文化有很多相同的东西，许多文化已经相互渗透，比如佛教文化。泰戈尔的作品随着时间的推移会闪耀出更璀璨的光芒，也会被一代代中国读者所喜爱。

我想，张湘平的努力还有一种意义，就是让外国文化的翻译走向中国传统，复兴国学。自然这不是译者的终极目标，译者希望在泰诗的普及、推广做出自己的贡献，让具有不同阅读爱好和习惯的读者去接近、欣赏、热爱这位伟大的邻邦诗圣。同时中国文化的繁荣复兴，也需要学习和借鉴。

因而，他的这种尝试、创新是能够被接受的，也是应该得到鼓励和肯定的。自然，面对一座丰碑，又是中国最成熟的文学样式，张湘平的翻译创作还有一些值得商榷探讨的地方，这需要译者在今后的道路上去发现、吸收和改进了。阅读的过程，我始终沉浸在古典的韵律中，脑海里时时浮现出中国古代的哲人形象。温文尔雅，仙风道骨，是他——张湘平，让一位慈祥睿智的外国诗哲以中国唯美唯古的方式对我吟唱，我心里感到尤其的温暖。

泰戈尔说，你的世纪一个接一个，为的是完成一朵小小的野花。在第31首中他还说："风扶柳树长窗前，绿意相陪爱意绵；挥笔诗行成绝句，枝吟叶语诵全篇。"还是去读这部别开生面的译著吧，相信一定会给你带来不一样的惊喜和享受。

2019 年 11 月 20 日于湖北荆山

［1］序言原题为《他让一位慈祥睿智的外国智者以中国唯美唯古的方式对我吟唱》。

［2］李修平，20 世纪 50 年代末出生于湖北保康县。先后担任宣传部副部长、文明办主任、县委办常务副主任、政法委常务副书记、人大常委等职。现为中国作家协会会员、襄阳市作家协会副主席、保康县作家协会主席。先后在《长江文艺》《芳草》《花溪》《飞天》《家庭》《作家报》《湖北日报》《经济日报》等数十余家报刊发表大量小说、散文、报告文学作品。出版有散文集《雨夜梦想》《浮生独白》《牵手》《人生路上》，小说集《饮食男女》《猎人的后代》，长篇小说《卞和传奇》。主编有报告文学集《神农后代》，散文集《带您游保康》，画传《保康奇石与根艺》，荆山旅游文化丛书《影韵保康》《随笔保康》《民俗保康》《故事保康》《品味保康》等 10 余部。

序七　飞鸟诗译遵绝律

曾少立

　　对于外国诗歌名著的翻译，自20世纪西学东渐以来，几乎是清一色译成浅近白话诗。近年来，译成中国传统诗词的逐渐多了起来，以至于中华诗词研究院一年一度的《诗词发展报告》中，每年都要拿出一定的篇幅来介绍这方面的最新情况。

　　张湘平是一位从事海外工程的大型国有企业的90后年轻人，也是以传统诗词译外国诗的众多译者中的一位后来者。本书便是他的力作。同时，他还用七律的体式翻译了英国著名诗人勃朗宁夫人的《十四行诗集》。以近体格律诗翻译外国诗的门槛非常之高。可喜的是，正如李军先生所言，湘平对七言诗这种体裁总体上掌握得非常好，格律谨严，韵味浓郁，雅致可读。在当今诗词复兴的大背景下，出现湘平这样年轻的诗人译者具有历史的必然性，是诗词创作队伍年轻化的一个侧证。写诗词的年轻人多了，自然有人不满足于只自己写，于是就会想到把外国人写的诗也翻译成诗词。这种翻译，实质上也是一种特殊的诗词创作。

　　《飞鸟集》进入中国很早，若论影响力，首推郑振铎先生的译本。《飞鸟集》由泰戈尔用其母语孟加拉语写成，再由他本人译成英文。郑先生的白话汉译，非常严格地忠实于英文。但这个译本既不押韵也不分行，更无音律，严格说来是散文而不是诗。它的流行，恐怕是得益于它对原作的忠实。一百多年来的新文学，白话诗与散文的界限始终模糊不清。因此，郑版译文一直被许多人称作"诗"。实际上，它只是一个非诗的中间文本。既然《飞鸟集》是诗集,那译文也必须是诗,才算完美。换句话说,必须有人接力郑先生,在他的基础上继续诗化。如今,张湘平成了这个接力者。另外,前几年冯唐先生也用白话诗译了《飞鸟集》。作为一个中国传统诗词的写作者,我无疑更支持张湘平。传统诗词言简意赅,含蓄隽永,更具诗歌美感,更具群众基础,也更加朗朗上口,易于传诵。匈牙利诗人裴多菲的《自由与爱情》这首诗,几个版本的白话译诗都远不如殷夫的"生命诚可贵,爱情价更高"流传广泛,就很能说明问题。

《飞鸟集》是一部精短诗集,每首诗少的一两句,多的也只有三四句,却哲思深刻,高度概括乃至抽象,类似格言。而中国传统诗词则特别倚重意境的营造。可以说,二者在旨趣上并不很相同,这就给翻译带来了很大的难度。译者需要大量地造境设景,来填充、丰富原作的诗意空间。这是一种创作大于翻译本身的特殊创作。

我们看两个例子。

第 001 首,泰戈尔英文:

Stray birds of summer come to my window to sing and fly away.And yellow leaves of autumn,Which have no songs, flutter and fall there with a sign.

郑振铎译文:

"夏天的飞鸟,飞到我的窗前唱歌,又飞去了。秋天的黄叶,它们没有什么可唱,只叹息一声,飞落在那里。"

张湘平译诗:

翩翩夏鸟到窗前,数曲清歌返大千。

唯有秋天黄叶苦,一声哀叹落根边。

这是《飞鸟集》的第 001 首诗,整部诗集即由它而得名。这首诗在《飞鸟集》中算是比较长的,提供了较多的意象,郑振铎的译作已经非常形象、生动,给人以画面感。而湘平的译诗又在郑氏译作基础上发现了"大千(世界)"和"根"两个意象。这两个意象,本就隐含在原作中,湘平从另一个侧面让它们从隐性到显性了。

第 103 首,泰戈尔英文:

Roots are the branches down in the earth. Branches are roots in the air.

郑振铎译文：

"根是地下的枝。枝是空中的根。"

张湘平译诗：

> 大树从容立沃园，阳光雨露有深恩。
>
> 勤耕蚯蚓生奇想，根是繁枝枝是根。

这首诗原作很短，是一首高度概括的哲理诗，郑振铎翻译得很精准，张湘平用当下人们的心境，补充进来三个不同的意象，与第四句共同构成了一个完整的诗意空间或者说意境。通观整部《飞鸟集》共 325 首诗，如第 001 首一样，原诗意象自足的不多，大部分都需要译者创造较多新意象来加以补充完善。对这种现象冷阳春先生列举了多个实例，并给予了高度评价。

译者大量创造新意象确实是湘平这本译著的显著特点。这些意象大多数都能做到基本合理和妥帖，大大丰富了原作的内容，形象生动，美感强烈，余味无穷。当然，也有少量译作在造语的雅驯上还可进一步打磨。湘平还很年轻，又聪敏勤奋，随着知识和阅历的增长，以后必能更上层楼。本书每一首诗都同时列出了泰戈尔自己的英文译文、郑振铎的中文译文和张湘平的译诗，这样便于读者在更广阔的美学视域中，在不同文体的审美差异中，进行比较和鉴赏，从而获得深层阅读体验。这是对读者非常贴心的一种安排。

2020 年 6 月 12 日凌晨于湖南长沙

曾少立，网名李子梨子栗子，简称李子，工学硕士。祖籍湖南益阳，1964 年生于赣南山区，现居北京。当代旧体诗词写作者，中南民族大学客座教授，《诗词家》编委。1999 年开始诗词创作，作品风格极具个性化，影响迅速扩大，被诗词界和学术界称为"李子体"，广受关注和争议。哈佛大学、北京大学等亚欧美澳多所名校均有学者著有研究和评论其作品的论文或专著，也有一些大众媒体对其做过报道或访谈。从事过的诗词活动有主持 2008 年、2010 年两届中华诗词青年峰会，执笔 2016 年、2017 年的《中华诗词发展报告（创作部分）》，开办最早的网上诗词教育机构国诗馆等。作品集有《李子词》《21世纪新锐吟家诗词编年》之《李子诗词编年集》，译著有《黄河之旅》《寻人不遇》（与人合译）等。

第 001 首

翩翩夏鸟到窗前,数曲清歌返大千。
唯有秋天黄叶苦,一声哀叹落根边。

【李贵耘笺注】

[1] 泰戈尔原诗:"Stray birds of summer come to my window to sing and fly away. And yellow leaves of autumn, which have no songs, flutter and fall there with a sign."

[2] 郑振铎译诗:"夏天的飞鸟,飞到我的窗前唱歌,又飞去了。秋天的黄叶,它们没有什么可唱,只叹息一声,飞落在那里。"

[3] 大千:"大千世界"的省称。晋·道恒《释驳论》:"故神晖一震,则感动大千。"宋·苏轼《端午遍游诸寺得禅字》:"忽登最高塔,眼界穷大千。"赵朴初《满庭芳·为人民大会堂作》:"气吞大千,天安门外,泰岱壮严。"

[4] 水石山房主人(仗剑书生)翻译:"夏日,悠闲的鸟儿来到我的窗前,唱着歌,又飞走了。而秋天的黄叶无歌可唱,一声叹息,飘落在那里。"

[5] 冯唐翻译:"夏天的鸟来到我的窗前,且歌且笑且翩跹,消失在我眼前。秋天的黄叶一直在窗前,无歌无笑无翩跹,坠落在我眼前。"

[6] 姚华翻译:"飞鸟鸣窗前,飞来复飞去。红叶了无言,飞落知何处?"姚华(1876—1930),字茫父,贵州打铜寨人,近现代学者,专法学,工词曲,精书画,鉴文物,善金石,开颖拓,被誉为旷世奇才。郑振铎的译本问世后,姚华见之,大为赞赏,便在译文中选择了256首,改写为篇幅长短不一、有古乐府意味的五言诗,名曰《五言飞鸟集》,在诗人徐志摩和学者叶恭

绰作序推动下，于1931年由中华书局刊印发行。1924年泰戈尔访华，徐志摩在序中记载了两人见面的情形："那年泰戈尔先生和姚华先生见面时，这两位诗人，相视而笑，把彼此的忻慕都放在心里。"姚华在北京举办画展时，泰戈尔也欣然前往捧场，并即席发表了热情洋溢的演说。泰戈尔还把姚华的画带回印度，陈列在美术馆里。徐志摩感叹："这是极妙的一段文学因缘。"姚华的《五言飞鸟集》，正所谓"诗人译诗"，将泰戈尔的《飞鸟集》中国化、本土化，用中国传统诗歌体裁在郑振铎译本基础上进行了二度创作，也如泰戈尔诗篇一样，语言精练，清朗易懂，寓情于物，真善唯美，体现了中国传统文化"诗言志""文载道"的功能，可谓将印度文化与中国传统文化有机融合的一次大胆尝试。

第002首

苦短人生来世上，离乡漂泊属寻常。
歪斜深浅留痕印，入我新诗万代扬。

【李贵耘笺注】

[1] 泰戈尔原诗："O Troupe of little vagrants of the world, leave your footprints in my words."

[2] 郑振铎译诗："世界上的一队小小的漂泊者呀，请留下你们的足印在我的文字里。"

第 003 首

广袤山河对爱人,悄抛浩瀚矮姿新。
修身小我春心动,吻抱姻缘一代珍。

【李贵耘笺注】

[1] 泰戈尔原诗:"The world puts off its mask of vastness to its lover. It becomes small as one song, as one kiss of the eternal."

[2] 郑振铎译诗:"世界对着它的爱人,把它浩瀚的面具揭下了。它变小了,小如一首歌,小如一回永恒的接吻。"

[3] 矮姿:低姿态。

第 004 首

露珠滚滚皆晨泪,滋润人间月季花。
寒暑清香如少女,青春不谢举红霞。

【李贵耘笺注】

[1] 泰戈尔原诗:"It is the tears of the earth that keep here smiles in bloom."

[2] 郑振铎译诗:"是大地的泪点,使她的微笑保持着青春不谢。"

[3] 月季花:被称为花中皇后,又称月月红,蔷薇科。常绿。半常绿低矮灌木,四季开花,一般为红色或粉色,偶有白色和黄色,可作为观赏植物,也可作为药用植物。月季花自然花期八月到次年四月,花成大型,由内向外,

呈发散型，有浓郁香气，可广泛用于园艺栽培和切花。月季种类主要有切花月季、食用玫瑰、藤本月季、地被月季等。中国是月季的原产地之一。月季是山东省莱州市、江苏淮安市、河北省邯郸市、河南省南阳市的市花。红色切花更成为情人间必送的礼物之一，为爱情诗歌的主题。月季花也有较好的抗真菌及协同抗耐药真菌活性。

[4]姚华翻译："独坐泪含涕，欢来一展眉。沃如华上露，自泽盛开枝。"

第005首

茫茫大漠敞胸怀，绿草如茵欲偶佳。
沙暴无情平地卷，摇头嫩叶避天涯。

【李贵耘笺注】

[1]泰戈尔原诗："The mighty desert is burning for the love of a blade of grass who shakes her head and laughs and flies away."

[2]郑振铎译诗："无垠的沙漠热烈追求一叶绿草的爱，她摇摇头笑着飞开了。"

[3]茫茫：指广阔，深远，空旷；漫无边际。明·袁可立《甲子仲夏登署中楼观海市》："茫茫浩波里，突忽起崇墉。" 清·沈复《浮生六记·浪游记快》："今年且四十有六矣，茫茫沧海，不知此生再遇知己如鸿干者否？"

第 006 首

春阳灿烂黄金贵,正是人生奋发时。
白昼无为悲泪涌,星辉月夜付呆痴。

【李贵耘笺注】

[1] 泰戈尔原诗:"If you shed tears when you miss the sun, you also miss the stars."

[2] 郑振铎译诗:"如果你因失去了太阳而流泪,那么你也将失去群星了。"

第 007 首

清甜溪水出山前,一路欢歌伴舞旋。
两岸泥沙生羡慕,肯携俱下到江边。

【李贵耘笺注】

[1] 泰戈尔原诗:"The sands in your way beg for your song and your movement, dancing water. Will you carry the burden of their lameness?"

[2] 郑振铎译诗:"跳舞着的流水呀,在你途中的泥沙,要求你的歌声,你的流动呢。你肯挟跛足的泥沙而俱下么?"

第 008 首

相逢人面桃花下，暗送灵犀一点温。

情盈两眼如丝雨，终夜绵绵绕梦魂。

【李贵耘笺注】

[1] 泰戈尔原诗："Her wistful face haunts my dreams like the rain at night."

[2] 郑振铎译诗："她的热切的脸，如夜雨似的，搅扰着我的梦魂。"

第 009 首

梦里相逢不自知，更无缘分寄新诗。

一朝醒却惊回忆，相爱相亲意未迟。

【李贵耘笺注】

[1] 泰戈尔原诗："Once we dreamt that we were strangers. We wake up to find that we were dear to each other."

[2] 郑振铎译诗："有一次，我们梦见大家都是不相识的。我们醒了，却知道我们原是相亲相爱的。"

第 010 首

胸中忧思归平静,世事经多历练聪。

今似无风铺暮色,乾坤寂静稳沉中。

【李贵耘笺注】

[1]泰戈尔原诗:"Sorrow is hushed into peace in my heart like the evening among the silent trees."

[2]郑振铎译诗:"忧思在我的心里平静下去,正如暮色降临在寂静的山林中。"

[3]思:作名词时,古读去声。

第 011 首

匆匆一见留微笑,未语深眸似海蓝。

握别依依纤素手,心弦拨动韵潺潺。

【李贵耘笺注】

[1]泰戈尔原诗:Some unseen fingers, like an idle breeze, are playing upon my heart the music of the ripples.

[2]郑振铎译诗:"有些看不见的手,如懒懒的微风似的,正在我的心上奏着潺潺的乐声。"

第 012 首

海水滔滔演说频,平生困惑问前因。
天空世故晴风雨,日夜无言对苦辛。

【李贵耘笺注】

[1] 泰戈尔原诗:"'What language is thine, O sea?' 'The language of eternal question.' 'What language is thy answer, O sky?' 'The language of eternal silence.'"

[2] 郑振铎译诗:"'海水呀,你说的是什么?''是永恒的疑问。''天空呀,你回答的话是什么?是永恒的沉默。'"

[3] 世故:是一个汉语词语,是指世俗人情习惯,待人处事圆滑周到。亦泛指世间一切的事务。词语出自三国时期魏国嵇康《与山巨源绝交书》:"机务缠其心,世故烦其虑。"《列子·杨朱》:"卫端木叔者,子贡之世也。藉其先赀,家累万金。不治世故,放意所好。"

第 013 首

吾心似海敞无边,静听山川细语泉。
一缕清音新意蕴,深思象外恋初绵。

【李贵耘笺注】

[1] 泰戈尔原诗:"Listen, my heart, to the whispers of the world with which

it makes love to you."

[2]郑振铎译诗:"静静地听,我的心呀,听那世界的低语,这是它对你求爱的表示呀。"

[3]象外:谓写诗比物以意,而不指言某物,意境超乎常法之外。唐·司空图《二十四诗品·雄浑》:"荒荒油云,寥寥长风。超以象外,得其环中。"宋·惠洪《冷斋夜话·象外句》:"唐僧多佳句,其琢句法,比物以意,而不指言某物,谓之象外句。"

[3]绵:绵延,像丝绵那样延续不断。《诗·大雅·绵》:"绵绵瓜瓞,民之初生。"《文选·张衡·思玄赋》:"绵日月而不衰。"

[4]姚华翻译:"静听复静听,静中呼我心。世间私语处,爱尔意堪寻。"

第014首

人类生存创造忙,俨然暗夜见微光。
几多知识如晨雾,幻影驱除仗太阳。

【李贵耘笺注】

[1]泰戈尔原诗: The mystery of creation is like the darkness of night—it is great. Delusions of knowledge are like the fog of the morning.

[2]郑振铎译诗:"创造的神秘,有如夜间的黑暗——是伟大的。而知识的幻影却不过如晨间之雾。"

第 015 首

如峰直壁耸云端，鸟足狐身绝胆寒。
坚守忠贞双爱意，香巢不可峭崖安。

【李贵耘笺注】

［1］泰戈尔原诗："Do not seat your love upon a precipice because it is high."
［2］郑振铎译诗："不要因为峭壁是高的，便让你的爱情坐在峭壁上。"

第 016 首

窗棂倚坐露曦晨，世界痴观似路人。
小憩悠悠心不躁，点头续走迹常新。

【李贵耘笺注】

［1］泰戈尔原诗："I sit at my window this morning where the world like a passer.by stops for a moment, nods to me and goes."
［2］郑振铎译诗："我今晨坐在窗前，世界如一个路人似的，停留了一会儿，向我点点头又走过去了。"
［3］窗棂：窗格（窗里面的横的或竖的格）。窗棂不同于窗框，窗框是窗的四周木框或者铁框、铝框等。窗棂是中国传统木构建筑的框架结构设计，使窗成为传统建筑中最重要的构成要素之一，成为建筑的审美中心。有板棂窗、格扇、隔断、支摘窗、遮羞窗等。《说文》："棂，楯间子也。"

第 017 首

微风习习鸟嘤嘤,树叶藏身簌簌声。

如影精灵潜我腹,心欢脸笑听抒情。

【李贵耘笺注】

[1] 泰戈尔原诗:"There little thoughts are the rustle of leaves; they have their whisper of joy in my mind."

[2] 郑振铎译诗:"这些微飔,是绿叶的簌簌之声呀;它们在我的心里欢悦地微语着。"微飔:轻微的凉风。飔:sī,凉风,凉爽。郑振铎《海燕》:"当春间二三月,轻飔微微地吹拂着,如毛的细雨无因地由天上洒落着,千条万条的柔柳,齐舒了它们的黄绿的眼,红的白的黄的花,绿的草,绿的树叶,皆如赶赴市集者似的奔聚而来,形成了烂漫无比的春天时,那些小燕子,那么伶俐可爱的小燕子,便也由南方飞来,加入了这个隽妙无比的春景的图画中,为春光平添了许多的生趣。"

第 018 首

不见人人己脸盘,身前影子任由看。

平生若许求端正,三镜时常比对观。

【李贵耘笺注】

[1]泰戈尔原诗："What you are you do not see, what you see is your shadow."

[2]郑振铎译诗："你看不见你自己，你所看见的只是你的影子。"

[3]三镜：出自《李世民·贞观政要·论任贤》："（唐）太宗谓梁公曰：'以铜为镜，可以正衣冠；以古为镜，可以知兴替；以人为镜，可以明得失。朕尝宝此三镜，用防己过。今魏征殂逝，遂亡一镜矣。'"

[4]脸盘：指脸型，脸的外形特征。犹脸蛋，脸庞。清·俞樾《春在堂随笔》卷十："（袁随园纪游册）又载，刘霞裳妻曹氏，脸盘好，眉目秀。"柳青《创业史》第一部第八章："但改霞白嫩的脸盘，那双扑扇扑扇会说话的大眼睛，总使生宝恋恋难忘。"

[5]姚华翻译："我身不自见，我见非真相。如将影悟身，谓身亦已妄。"

第019首

真主先知洞察周，我心愚钝反思羞。

任由杂在君歌里，静听经年解困愁。

【李贵耘笺注】

[1]泰戈尔原诗："My wishes are fools, they shout across the songs, my Master. Let me but listen."

[2]郑振铎译诗："神呀，我的那些愿望真是愚傻呀，它们杂在你的歌声中喧叫着呢。让我只是静听着吧。"

[3]真主：泛指神灵。

第 020 首

人生不必凭豪取，从小修身自律心。
主降良机德配我，谦虚礼让有佳音。

【李贵耘笺注】

[1] 泰戈尔原诗："I cannot choose the best. The best chooses me."
[2] 郑振铎译诗："我不能选择那最好的。是那最好的选择我。"

第 021 首

自愿将灯负背上，影身返照到前头。
相催同路齐心趱，共赴征程足力遒。

【李贵耘笺注】

[1] 泰戈尔原诗："They throw their shadows before them who carry their lantern on their back."
[2] 郑振铎译诗："那些把灯背在背上的人，把他们的影子投到了自己前面。"
[3] 趱：zǎn，赶，快走。宋·佚名《张协状元》："长江后浪催前浪，一替新人趱旧人。"

第 022 首

存在自当勤发奋，永生奇迹确难留。

人生立志艰辛付，老大无功必悔羞。

【李贵耘笺注】

[1]泰戈尔原诗："That I exist is a perpetual surprise which is life."

[2]郑振铎译诗："我的存在，对我是一个永久的神奇，这就是生活。"

[3]老大：指年老。《乐府诗集·长歌行》："少壮不努力，老大徒伤悲。"唐·贺知章《回乡偶书》："少小离家老大回，乡音无改鬓毛衰。儿童相见不相识，笑问客从何处来。"

第 023 首

睡叶因风扯醒惊，匆匆雨至点头迎。

孤花默立山溪畔，满腹伤心热泪盈。

【李贵耘笺注】

[1]泰戈尔原诗："We, the rustling leaves, have a voice that answers the storms, but who are you so silent? I am a mere flower."

[2]郑振铎译诗："'我们萧萧的树叶都有声响回答那风和雨。你是谁呢，那样的沉默着？''我不过是一朵花。'"

第 024 首

睑开眼亮起晨曦，一日精神奋作为。
日落西山归带犬，暖坑闭眼解身疲。

【李贵耘笺注】
[1] 泰戈尔原诗："Rest belongs to the work as the eyelids to the eyes."
[2] 郑振铎译诗："休息与工作的关系，正如眼睑与眼睛的关系。"

第 025 首

如犊初生焉怕虎，天真烂漫不知愁。
浑身自有潜能聚，力量新增日未休。

【李贵耘笺注】
[1] 泰戈尔原诗："Man is a born child, his power is the power of growth."
[2] 郑振铎译诗："人是一个初生的孩子，他的力量，就是生长的力量。"

第026首

天神四处察秋毫,广送花枝回馈高。
旭日无关光照赠,膏腴大地苦徒劳。

【李贵耘笺注】

[1] 泰戈尔原诗:"God expects answers for the flowers he sends us, not for the sun and the earth."

[2] 郑振铎译诗:"神希望我们酬答他,在于他送给我们的花朵,而不在于太阳和土地。"

第027首

光照犹如裸体孩,嬉玩绿叶不需陪。
诈欺花样翻新快,皮影丛林演技推。

【李贵耘笺注】

[1] 泰戈尔原诗:"The light that plays, like a naked child, among the green leaves happily knows not that man can lie."

[2] 郑振铎译诗:"光明如一个裸体的孩子,快快活活地在绿叶当中游戏,它不知道人是会欺诈的。"

[3] 皮影:即皮影戏,又称影子戏、灯影戏,是一种以兽皮或纸板做成的人物剪影以表演故事的民间戏剧。表演时,艺人们在白色幕布后面,一边操

纵影人，一边用当地流行的曲调讲述故事，同时配以打击乐器和弦乐，有浓厚的乡土气息。其流行范围极为广泛，并因各地所演的声腔不同而形成多种多样的皮影戏。

第 028 首

和平盛世今非易，卓立尘寰大爱生。

玻镜虽明均谄媚，难寻真美献忠诚。

【李贵耘笺注】

[1] 泰戈尔原诗："O Beauty, find thyself in love, not in the flattery of thy mirror."

[2] 郑振铎译诗："啊，美呀，在爱中找你自己吧，不要到你镜子的谄谀去找寻。"

[3] 玻镜：玻璃制作的镜子。

第 029 首

我心激荡谋深海，拥浪推波向岸滩。

蘸泪题诗抒爱意，终生守护远孤单。

【李贵耘笺注】

[1] 泰戈尔原诗："My heart beats her waves at the shore of the world and writes upon it her signature in tears with the words, I love thee."

[2]郑振铎译诗:"我的心把她的波浪在世界的海岸上冲激着,以热泪在上边写着她的题记:我爱你。"

第 030 首

一夜星明曙晓分,瘦腰弯月少传闻。

功成应谢长蓝幕,自把前台让旭曛。

【李贵耘笺注】

[1]泰戈尔原诗:"'Moon, for what do you wait?' 'To salute the sun for whom I must make way.'"

[2]郑振铎译诗:"'月儿呀,你在等候什么呢?''向我将让位给他的太阳致敬。'"

[3]长蓝幕:指长长的蓝色天空。

[4]旭曛:指朝日与夕阳,形容早晚。当代·陆会斌《登阅江楼》:"风月千秋痴梦闻,空基六百耸天新。登临极目观山海,俯仰回头对旭曛。激荡电雷狮已奋,峥嵘过往水常殷。一湾慷慨当归转,完固金瓯息浪纷。"

第 031 首

风扶柳树长窗前,绿影相陪爱意绵。

挥笔诗行成绝句,枝吟叶语诵新篇。

【李贵耘笺注】

[1]泰戈尔原诗：The trees come up to my window like the yearning voice of the dumb earth.

[2]郑振铎译诗："绿树长到了我的窗前，仿佛是喑哑的大地发出的渴望的声音。"

第 032 首

巨细天神皆统管，操劳日夜总无闲。

清晨驻足回头望，一派新奇水映山。

【李贵耘笺注】

[1]泰戈尔原诗："His own mornings are new surprises to God."

[2]郑振铎译诗："神自己的清晨，在他自己看来也是新奇的。"

第 033 首

生命由来诚可贵，创收资产小康奔。

倘逢情爱忠贞老，堪慰平生价值翻。

【李贵耘笺注】

[1]泰戈尔原诗："Life finds its wealth by the claims of the world, and its worth by the claims of love."

[2]郑振铎译诗："生命从世界得到资产，爱情使它得到价值。"

第 034 首

河床蓄水碧悠悠，润稼滋苗五谷收。

偶遇灾情终岁旱，则生痛恨诋涓流。

【李贵耘笺注】

［1］泰戈尔原诗："The dry river.bed finds no thanks for its past."

［2］郑振铎译诗："枯竭的河床，并不感谢它的过去。"

第 035 首

鸟愿成云不束心，高飞万里展胸襟。

白云愿化丛林鸟，巢筑双双爱意深。

【李贵耘笺注】

［1］泰戈尔原诗："The bird wishes it were a cloud. The cloud wishes it were a bird."

［2］郑振铎译诗："鸟儿愿为一朵云。云儿愿为一只鸟。"

第 036 首

黑暗人生石缝囚，光明渴望待悠悠。

有朝一日岩中出，瀑布从容唱自由。

【李贵耘笺注】

[1] 泰戈尔原诗："The waterfall sing, 'I find my song, when I find my freedom.'"

[2] 郑振铎译诗："瀑布歌唱道：'我得到自由时便有歌声了。'"

[3] 姚华翻译："瀑布声如歌，歌中意自表。云起自由初，便有歌声好。"

第 037 首

心头默默隐颓唐，整日难言苦自伤。

小愿无酬悲父母，恩山德海岂能量。

【李贵耘笺注】

[1] 泰戈尔原诗："I cannot tell why this heart languishes in silence. It is for small needs it never asks, or knows or remembers."

[2] 郑振铎译诗："我说不出这心为什么那样默默地颓丧着。是为了它那不曾要求，不曾知道，不曾记得的小小的需要。"

[3] 恩山德海：即恩重如山，德深似海。

第 038 首

料理厨房妻最擅，从容手足胜甜歌。

宛如小石山溪过，细语轻言奉献多。

【李贵耘笺注】

[1] 泰戈尔原诗："Woman, when you move about in your household service your limbs sing like a hill stream among its pebbles."

[2] 郑振铎译诗："妇人，你在料理家务的时候，你的手足歌唱着，正如山间的溪水歌唱着在小石中流过。"

第 039 首

太阳勤奋当空照，万物繁荣受惠多。

傍晚依依临海面，向东致礼没沧波。

【李贵耘笺注】

[1] 泰戈尔原诗："The sun goes to cross the Western sea, leaving its last salutation to the East."

[2] 郑振铎译诗："当太阳横过西方的海面时，对着东方留下他的最后的敬礼。"

[3] 沧波：碧波。南朝·梁·刘勰《文心雕龙·知音》："阅乔岳以形培塿，酌沧波以喻畎浍。"明·秦夔《同金广信宗器游番湖》："汀州远近迷

云树,东去沧波急如注。"

第 040 首

首要人生属健康,吃穿住用细思量。

心烦胃口当从少,休责餐盘食物伤。

【李贵耘笺注】

[1]泰戈尔原诗:"Do not blame your food because you have no appetite."

[2]郑振铎译诗:"不要因为你自己没有胃口而去责备你的食物。"

第 041 首

森林激烈竞高低,踮脚伸头待曙曦。

倘若贪眠迟半步,阳光玉露失凄凄。

【李贵耘笺注】

[1]泰戈尔原诗:"The trees, like the longings of the earth, stand atiptoe to peep at the heaven."

[2]郑振铎译诗:"群树如表示大地的愿望似的,踮起脚来向天空窥望。"

第 042 首

一颦一笑一回头,眼电传情默默柔。
诗句捎来知秘密,我心待此久生愁。

【李贵耘笺注】

[1]泰戈尔原诗:You smiled and talked to me of nothing and I felt that for this I had been waiting long.

[2]郑振铎译诗:"你微微地笑着,不同我说什么话。而我觉得,为了这个,我已等待得久了。"

第 043 首

水里群鱼默默游,深林野兽闹喧稠。
翔空小鸟歌随兴,人类三兼智慧收。

【李贵耘笺注】

[1]泰戈尔原诗:The fish in the water is silent, the animal on the earth is noisy, the bird in the air is singing. But Man has in him the silence of the sea, the noise of the earth and the music of the air.

[2]郑振铎译诗:"水里的游鱼是沉默的,陆地上的兽类是喧闹的,空中的飞鸟是歌唱着的。但是,人类却兼有海里的沉默、地上的喧闹与空中的音乐。"

第 044 首

踌躇心绪赋琴弦,世界前行景色妍。

岁底时光仍未老,依然忧郁乐声旋。

【李贵耘笺注】

[1]泰戈尔原诗:The world rushes on over the strings of the lingering heart making the music of sadness.

[2]郑振铎译诗:"世界在踌躇之心的琴弦上跑过去,奏出忧郁的乐声。"

第 045 首

刀剑当神施暴力,长驱直入拓前程。

屠刀取胜观身后,已败人生落骂名。

【李贵耘笺注】

[1]泰戈尔原诗:"He has made his weapons his gods. When his weapons win he is defeated himself."

[2]郑振铎译诗:"他把他的刀剑当作他的上帝。当他的刀剑胜利时他自己却失败了。"

第 046 首

远古神通诞天帝，至高无上统人寰。
勤劳累岁操心智，创造途知我自贤。

【李贵耘笺注】

[1] 泰戈尔原诗："God finds himself by creating."
[2] 郑振铎译诗："神从创造中找到他自己。"
[3] 姚华翻译："创造亦已成，天帝匿无踪。及寻本来身，却被创造容。"

第 047 首

阴影身旁面具蒙，温和秘密计行踪。
爱心依旧埋心底，光照前途脚步从。

【李贵耘笺注】

[1] 泰戈尔原诗："Shadow, with her veil drawn, follows Light in secret meekness, with her silent steps of love."
[2] 郑振铎译诗："阴影戴上她的面幕，秘密地，温顺地，用她的沉默的爱的脚步，跟在'光'后边。"

第 048 首

不顾沉沉黑暗浓,繁星亮眼照天空。

相离亿万光年远,哪惧人讥耀夜虫。

【李贵耘笺注】

[1]泰戈尔原诗:"The stars are not afraid to appear like fireflies."

[2]郑振铎译诗:"群星不怕显得像萤火那样。"

[3]耀夜虫:即萤火虫,又名夜光、景天、如熠耀、夜照、流萤、宵烛等,属鞘翅目萤科,是一种小型甲虫,因其尾部能发出荧光,故名萤火虫。

第 049 首

谢主隆恩天地窄,持权握柄自非身。

崎岖道路车轮滚,负重前行付苦辛。

【李贵耘笺注】

[1]泰戈尔原诗:"I thank thee that I am none of the wheels of power but I am one with the living creatures that are crushed by it."

[2]郑振铎译诗:"谢谢神,我不是一个权力的轮子,而是被压在这轮下的活人之一。"

第 050 首

尖锐心灵执着为，博宽散漫拒无疑。
如锥立地虽微小，百击千锤永不移。

【李贵耘笺注】

[1]泰戈尔原诗："The mind, sharp but not broad, sticks at every point but does not move."

[2]郑振铎译诗："心是尖锐的，不是宽博的，它执着在每一点上，却并不活动。"

第 051 首

人生偶像灵魂散，血骨凡胎入土中。
世界通天神统领，残年风烛拜苍穹。

【李贵耘笺注】

[1]泰戈尔原诗："You idol is shattered in the dust to prove that God's dust is greater than your idol."

[2]郑振铎译诗："你的偶像委散在尘土中了，这可证明神的尘土比你的偶像还伟大。"

第 052 首

幸遇神灵来世上,偷生苟且必蒙羞。
当从少壮萌宏志,奋斗途中崭露头。

【李贵耘笺注】

[1]泰戈尔原诗:"Man does not reveal himself in his history, he struggles up through it."

[2]郑振铎译诗:"人不能在他的历史中表现出他自己,他在历史中奋斗着露出头角。"

第 053 首

呼叫表兄遭责骂,瓦灯热脸陷悲孤。
晴空万里辉明月,姐姐玻灯带笑呼。

【李贵耘笺注】

[1]泰戈尔原诗:"While the glass lamp rebukes the earthen for calling it cousin the moon rises, and the glass lamp, with a bland smile, calls her, ——My dear, dear sister."

[2]郑振铎译诗:"玻璃灯因为瓦灯叫它做表兄而责备瓦灯。但明月出来时,玻璃灯却温和地微笑着,叫明月为——'我亲爱的,亲爱的姊姊。'"

029

第 054 首

蓝天万里海鸥翔,起伏波涛映影长。
恰似无缘君与我,浪开分别各心伤。

【李贵耘笺注】

[1]泰戈尔原诗:"Like the meeting of the seagulls and the waves we meet and come near. The seagulls fly off, the waves roll away and we depart."

[2]郑振铎译诗:"我们如海鸥之与波涛相遇似地,遇见了,走近了。海鸥飞去,波涛滚滚地流开,我们也分别了。"

第 055 首

白昼阳光暖我心,匆匆影去少知音。
身如走舸浅滩泊,无视潮来恐骇深。

【李贵耘笺注】

[1]泰戈尔原诗:"My day is done, and I am like a boat drawn on the beach, listening to the dance-music of the tide in the evening."

[2]郑振铎译诗:"我的白昼已经完了,我像一只泊在海滩上的小船,谛听着晚潮跳舞的乐声。"

[3]走舸:轻便快速的战船。《三国志·吴志·周瑜传》:"又豫备走舸,各系大船后。"《资治通鉴·汉献帝建安十三年》引此文,胡三省注

曰："杜佑曰：'走舸，舷上立女墙，置棹夫多，战卒少，皆选勇力精锐者，往返如飞鸥，乘人之所不及。金鼓旗帜，列之於上，此战船也。'"清·魏源《圣武记》卷十四："曰走舸：舷立女墙，多桨如飞。壮士径进，绝流出奇。或火或挑，急遁勿疑。"

第 056 首

吾侪生命由天赋，家国蒙羞重任肩。

为有牺牲多壮志，敢教日月换新天。

【李贵耘笺注】

[1] 泰戈尔原诗："Life is given to us, we earn it by giving it."

[2] 郑振铎译诗："我们的生命是天赋的，我们惟有献出生命，才能得到生命。"

[3] 为有牺牲多壮志，敢教日月换新天：借用毛泽东《七律·到韶山》中的颈联，其诗曰"别梦依稀咒逝川，故园三十二年前。红旗卷起农奴戟，黑手高悬霸主鞭。为有牺牲多壮志，敢教日月换新天。喜看稻菽千重浪，遍地英雄下夕烟"。

第 057 首

虚心进步成规律，傲慢催生落后终。

水起风生谋事业，伟人素质已身融。

【李贵耘笺注】

［1］泰戈尔原诗："We come nearest to the great when we are great in humility."

［2］郑振铎译诗："当我们大为谦卑的时候，便是我们最近于伟大的时候。"

第 058 首

孔雀开屏技艺高，招来游客悦愉瞧。
林中照夜生忧患，翎尾长长负担劳。

【李贵耘笺注】

［1］泰戈尔原诗："The sparrow is sorry for the peacock at the burden of its tail."

［2］郑振铎译诗："麻雀看见孔雀负担着它的翎尾，替它担忧。"

［3］照夜：即麻雀。是雀科雀属的鸟类，俗名霍雀、瓦雀、琉雀、家雀、老家贼、只只、嘉宾、照夜、麻谷、南麻雀、禾雀、宾雀，亦叫北国鸟，个别地方方言又称呼为家雀、户巴拉。雌雄同色，显著特征为黑色喉部、白色脸颊上具黑斑、栗色头部。喜群居，种群生命力极强。是中国最常见、分布最广的鸟类。亚种分化极多，广布于中国全境和欧亚大陆。世界共27种，其中5种分布在中国境内。其中树麻雀就是我们通常所说的麻雀，其他种类如山麻雀、家麻雀，比树麻雀少见，生活环境也有所区别。

［4］翎：鸟翅和尾上的长而硬的羽毛。亦泛指鸟羽。杜甫《彭衙行》"何当有翅翎，飞去堕尔前！"

第 059 首

寿命由来有短长,人生尤应惜时光。
纵然刹那如灯灭,身后长留姓字芳。

【李贵耘笺注】

[1] 泰戈尔原诗:"Never be afraid of the moments——thus sings the voice of the everlasting."

[2] 郑振铎译诗:"决不要害怕刹那——永恒之声这样唱着。"

第 060 首

雷暴旋风起步殊,于无路处短寻途。
性情乖戾空怀志,骤止追求业绩无。

【李贵耘笺注】

[1] 泰戈尔原诗:"The hurricane seeks the shortest road by the no-road, and suddenly ends its search in the Nowhere."

[2] 郑振铎译诗:"飓风于无路之中寻求最短之路,又突然地在'无何有之国'终止了它的追求。"

第 061 首

斟盏醇醪握手心，真诚敬友饮杯深。

兴移改注他人碗，沫泯香消水味淫。

【李贵耘笺注】

［1］泰戈尔原诗："Take my wine in my own cup, friend. It loses its wreath of foam when poured into that of others."

［2］郑振铎译诗："在我自己的杯中，饮了我的酒吧，朋友。一倒在别人的杯里，这酒的腾跳的泡沫便要消失了。"

［3］淫：意思是放纵，过度。

第 062 首

英男倩女互追求，展现人前处处优。

自有须眉迷窈窕，拥其绿鬓享温柔。

【李贵耘笺注】

［1］泰戈尔原诗："The Perfect decks itself in beauty for the love of the Imperfect."

［2］郑振铎译诗："'完全'为了对'不全'的爱，把自己装饰得美丽。"

第 063 首

万物繁荣主宰神,人从教训辨由真。
名医大治先伤害,挚爱前头惩尔身。

【李贵耘笺注】

[1]泰戈尔原诗:"God says to man, I heal you therefore I hurt, love you therefore punish."

[2]郑振铎译诗:"神对人说道:我医治你所以伤害你,爱你所以惩罚你。"

第 064 首

高高火炬赐光新,满获人间赞赏频。
却忘撑灯形影立,忍他黑暗耐寒尘。

【李贵耘笺注】

[1]泰戈尔原诗:"Thank the flame for its light, but do not forget the lamp-holder standing in the shade with constancy of patience."

[2]郑振铎译诗:"谢谢火焰给你光明,但是不要忘了那执灯的人,他是坚忍地站在黑暗当中呢。"

第 065 首

小草纤纤不畏寒，春前气候出头探。
为何羸弱生朝气，足下膏腴土地宽。

【李贵耘笺注】

[1] 泰戈尔原诗："Tiny grass, your steps are small, but you possess the earth under your tread."

[2] 郑振铎译诗："小草呀，你的足步虽小，但是你拥有你足下的土地。"

第 066 首

蓓蕾春来次第开，新妆世界俱夸乖。
风头莫忘秋霜厉，花陨香消自怆怀。

【李贵耘笺注】

[1] 泰戈尔原诗："The infant flower opens its bud and cries, Dear World, please do not fade."

[2] 郑振铎译诗："幼花的蓓蕾开放了，它叫道：亲爱的世界呀，请不要萎谢了。"

第 067 首

大帝国兴无对手,欺凌小国恣横行。
天神厌恶民憎恨,偏爱鲜花朵朵荣!

【李贵耘笺注】

[1]泰戈尔原诗:"God grows weary of great kingdoms, but never of little flowers."

[2]郑振铎译诗:"神对于那些大帝国会感到厌恶,却决不会厌恶那些小小的花朵。"

第 068 首

世间错误无人爱,脆弱难经考验长。
真理无心惊宠辱,纵然失败亦无妨。

【李贵耘笺注】

[1]泰戈尔原诗:"Wrong cannot afford defeat but Right can."

[2]郑振铎译诗:"错误经不起失败,但是真理却不怕失败。"

第 069 首

游人万苦千辛至，解渴当从少许求。

瀑布豪情高唱曲，乐将全部水相酬。

【李贵耘笺注】

[1] 泰戈尔原诗："I give my whole water in joy, sings the waterfall, though little of it is enough for the thirsty."

[2] 郑振铎译诗："瀑布歌唱道：'虽然渴者只要少许的水便够了，我却很快活地给予了我的全部的水。'"

[3] 姚华翻译："瀑布声如歌，歌中意何如？纵然渴者饮，一勺不求余。私意肯竭身，乐此岂踟蹰。"

第 070 首

狂欢夜喜人群聚，无止无休已曙天。

抛掷鲜花花满地，劲来出自哪源泉？

【李贵耘笺注】

[1] 泰戈尔原诗："Where is the fountain that throws up these flowers in a ceaseless outbreak of ecstasy?"

[2] 郑振铎译诗："把那些花朵抛掷上去的那一阵子无休无止的狂欢大喜的劲儿，其源泉是在哪里呢？"

第 071 首

强健樵夫持利斧,深山伐木日频频。

若非树木输坚柄,砍伐何能及自身?

【李贵耘笺注】

[1] 泰戈尔原诗:"The woodcutter's axe begged for its handle from the tree. The tree gave it."

[2] 郑振铎译诗:"樵夫的斧头,问树要斧柄。树便给了他。"

第 072 首

寡独黄昏怯静幽,沉沉暮气笼心头。

偏逢大雾毛毛雨,叹息声声造物忧。

【李贵耘笺注】

[1] 泰戈尔原诗:"In my solitude of heart I feel the sigh of this widowed evening veiled with mist and rain."

[2] 郑振铎译诗:"这寡独的黄昏,幕着雾与雨,我在我的心的孤寂里,感觉到它的叹息。"

[3] 造物:指造物主。

第 073 首

痴男淑女竞风流，坚守贞操不浅浮。
回望吾身游爱海，忠贞不贰老犹遒。

【李贵耘笺注】

[1] 泰戈尔原诗："Chastity is a wealth that comes from abundance of love."

[2] 郑振铎译诗："贞操是从丰富的爱情中生出来的财富。"

[3] 浅浮：浅薄轻浮。谢觉哉《狠狠地改，彻底地改！》："必须学到这种作风，和浅浮、应付相反的作风，工作才能不断地得到大的改进。"

第 074 首

雾如情爱琢磨焦，喜在青峰里外飘。
我步前头他躲后，日辉彩带绕山腰。

【李贵耘笺注】

[1] 泰戈尔原诗："The mist, like love, plays upon the heart of the hills and bring out surprises of beauty."

[2] 郑振铎译诗："雾，像爱情一样，在山峰的心上游戏，生出种种美丽的变幻。"

第 075 首

世界常新奥妙遗，江山有待探神奇。
探来错误生埋怨，反究天神设局欺。

【李贵耘笺注】
[1] 泰戈尔原诗："We read the world wrong and say that it deceives us."
[2] 郑振铎译诗："我们把世界看错了，反说它欺骗我们。"

第 076 首

诗人起兴似飙风，迅电传来贯昊空。
瞬过森林奔大海，林涛雪浪演歌雄。

【李贵耘笺注】
[1] 泰戈尔原诗："The poet wind is out over the sea and the forest to seek his own voice."
[2] 郑振铎译诗："诗人——飙风，正出经海洋和森林，追求它自己的歌声。"

第 077 首

天神主宰道非凡,世界全新变化严。

每诞孩儿传信息,均衡老幼续绵延。

【李贵耘笺注】

[1] 泰戈尔原诗:"Every child comes with the message that God is not yet discouraged of man."

[2] 郑振铎译诗:"每一个孩子出生时都带来信息说:神对人并未灰心失望。"

第 078 首

绿草茵茵从热闹,蜂飞蝶舞伴三春。

吾崇树木怀宏志,寂寞长空造化新。

【李贵耘笺注】

[1] 泰戈尔原诗:"The grass seeks her crowd in the earth. The tree seeks his solitude of the sky."

[2] 郑振铎译诗:"绿草求她地上的伴侣。树木求他天空的寂寞。"

第 079 首

性命攸关非等闲,堤防自筑保平安。

三不伤害当牢记,累卵危消喜笑欢。

【李贵耘笺注】

[1] 泰戈尔原诗:"Man barricades against himself."

[2] 郑振铎译诗:"人对他自己建筑起堤防来。"

[3] 三不伤害:安全工程用语,即不伤害自己,不伤害别人,不被别人伤害。不,这里应该读平声,仄义。

[4] 累卵:堆叠起来的蛋,比喻非常危险。清·李渔《慎鸾交·穷追》:"论军行迟缓,关系着得失悲欢。有多少转泰山成累卵,都只因夸未了,作皆完,差一着,覆全盘。"

第 080 首

知己千杯酒不多,家常话语暖心窝。

别离听海低吟唱,缭绕森林悦耳歌。

【李贵耘笺注】

[1] 泰戈尔原诗:"Your voice, my friend, wanders in my heart, like the muffled sound of the sea among these listening pines."

[2] 郑振铎译诗:"我的朋友,你的语声飘荡在我的心里,像那海水的低吟声绕缭在静听着的松林之间。"

第 081 首

冬寒夜静觉更长,睡起披衣逛水塘。

遥望深空生烈焰,繁星点火为谁忙?

【李贵耕笺注】

[1] 泰戈尔原诗:"What is this unseen flame of darkness whose sparks are the stars?"

[2] 郑振铎译诗:"这个不可见的黑暗之火焰,以繁星为其火花的,到底是什么呢?"

[3] 更:gēng,古时夜间计时单位,一夜分为五更。

第 082 首

少年立志走天涯,投笔从戎卫国家。

战死身如秋叶静,生犹绚丽夏繁花。

【李贵耕笺注】

[1] 泰戈尔原诗:"Let life be beautiful like summer flowers and death like autumn leaves."

[2] 郑振铎译诗:"使生如夏花之绚烂,死如秋叶之静美。"

第 083 首

有人假作好人事,沿户敲门问候虚。
倘遇仁人真爱送,心扉大敞挚情输。

【李贵耘笺注】

[1] 泰戈尔原诗:"He who wants to do good knocks at the gate; he who loves finds the gate open."

[2] 郑振铎译诗:"那想做好人的,在门外敲着门;那爱人的,看见门敞开着。"

第 084 首

历练人生智慧多,命终却化骨灰坨。
神灵若死尘凡变,众教归宗万物和。

【李贵耘笺注】

[1] 泰戈尔原诗:"In death the many becomes one; in life the one becomes many. Religion will be one when God is dead."

[2] 郑振铎译诗:"在死的时候,众多合而为一;在生的时候,一化为众多。神死了的时候,宗教便将合而为一。"

第 085 首

天地情人艺术家，相亲相爱共天涯。
自先适应为奴仆，后育人间绚丽花。

【李贵耘笺注】

[1] 泰戈尔原诗："The artist is the lover of Nature, therefore he is her slave and her master."

[2] 郑振铎译诗："艺术家是自然的情人，所以他是自然的奴隶，也是自然的主人。"

第 086 首

梦想人输果实尝，轻言自语路多长？
原来果实藏花腹，爱意芳心卧梦香。

【李贵耘笺注】

[1] 泰戈尔原诗："How far are you from me, O Fruit? "I am hidden in your heart, O Flower."

[2] 郑振铎译诗："'你离我有多远呢，果实呀？''我藏在你心里呢，花呀。'"

第 087 首

万苦千辛上夜班,全家方度饱温关。

白天嗜睡非慵懒,消此疲劳重任担。

【李贵耘笺注】

[1] 泰戈尔原诗:"This longing is for the one who is felt in the dark, but not seen in the day."

[2] 郑振铎译诗:"这个渴望是为了那个在黑夜里感觉得到、在大白天里却看不见的人。"

第 088 首

露凝荷叶心中宝,旭日温情照看殊。

高位谦虚频下顾,叶遮湖水大珍珠。

【李贵耘笺注】

[1] 泰戈尔原诗:"You are the big drop of dew under the lotus leaf, I am the smaller one on its upper side, said the dewdrop to the lake."

[2] 郑振铎译诗:"露珠对湖水说道:'你是在荷叶下面的大露珠,我是在荷叶上面的较小的露珠。'"

[3] 姚华翻译:"露点小如珠,湖面大逾里。小大随遇殊,一视等为水。露在莲叶上,湖在莲叶底。"

第 089 首

侠客从来爱宝刀，尤需刀鞘佩粗腰。
锋芒护待迎强敌，不顾人讥笨钝糟。

【李贵耘笺注】

[1] 泰戈尔原诗："The scabbard is content to be dull when it protects the keenness of the sword."

[2] 郑振铎译诗："刀鞘保护刀的锋利，它自己则满足于它的迟钝。"

第 090 首

相逢黑夜严霜惨，取暖生存合抱团，
迎来旭日精神振，静听松涛沸海澜。

【李贵耘笺注】

[1] 泰戈尔原诗："In darkness the One appears as uniform; in the light the One appears as manifold."

[2] 郑振铎译诗："在黑暗中，'一'视若一体；在光亮中，'一'便视若众多。"

第 091 首

大地胸宽罗万物，繁荣世代旺生机。

借他小草招宾客，送往迎来举手挥。

【李贵耘笺注】

［1］泰戈尔原诗："The great earth makes herself hospitable with the help of the grass."

［2］郑振铎译诗："大地借助于绿草，显出她自己的殷勤好客。"

［3］挥：舞动，摇摆。唐·李白《送友人》："青山横北郭，白水绕东城。此地一为别，孤蓬万里征。浮云游子意，落日故人情。挥手自兹去，萧萧班马鸣。"

第 092 首

死生绿叶赖旋风，骤起疯狂命运终。

动力无穷何处匿？繁星系带隐苍穹。

【李贵耘笺注】

［1］泰戈尔原诗："The birth and death of the leaves are the rapid whirls of the eddy whose wider circles move slowly among stars."

［2］郑振铎译诗："绿叶的生与死乃是旋风的急骤的旋转，它的更广大的旋转的圈子乃是在天上繁星之间徐缓的转动。"

第 093 首

强权欲占地天宽，反被身囚宝座寒。
情爱绵绵从世界，往来屋内自由欢。

【李贵耘笺注】

［1］泰戈尔原诗："Power said to the world, 'You are mine.'The world kept it prisoner on her throne. Love said to the world,' I am thine.' The world gave it the freedom of her house."

［2］郑振铎译诗："权势对世界说道：'你是我的。'世界便把权势囚禁在她的宝座下面。爱情对世界说道：'我是你的。'世界便给予爱情以在她屋内来往的自由。"

第 094 首

盛夏骄阳秉性狂，炎蒸大地卷苍黄。
高空黑雾知心事，奉献殷勤烈焰藏。

【李贵耘笺注】

［1］泰戈尔原诗："The mist is like the earth's desire. It hides the sun for whom she cries."

［2］郑振铎译诗："浓雾仿佛是大地的愿望。它藏起了太阳，而太阳原是她所呼求的。"

第 095 首

麻烦事搅人心躁,坐立难安满腹愁。

且向林间轻漫步,身旁树助祷天求。

【李贵耘笺注】

[1] 泰戈尔原诗: "Be still, my heart, these great trees are prayers."

[2] 郑振铎译诗:"安静些吧,我的心,这些大树都是祈祷者呀。"

第 096 首

喧声鼓噪令人嫌,打破平和乱自添。

嫉妒谐音传妙曲,闲言碎语忒酸尖。

【李贵耘笺注】

[1] 泰戈尔原诗: "The noise of the moment scoffs at the music of the Eternal."

[2] 郑振铎译诗:"瞬刻的喧声,讥笑着永恒的音乐。"

第 097 首

死生进退易怀忧,爱恨川流逝去愁。

喧噪人生终忘却，离开浊世任优游。

【李贵耘笺注】

［1］泰戈尔原诗："I think of other ages that floated upon the stream of life and love and death and are forgotten, and I feel the freedom of passing away."

［2］郑振铎译诗："我想起了浮泛在生与爱与死的川流上的许多别的时代，以及这些时代之被遗忘，我便感觉到离开尘世的自由了。"

第 098 首

灵魂忧郁缘新妇，今日新婚裹面纱。

等待长空张夜幕，轻松卸去露容华。

【李贵耘笺注】

［1］泰戈尔原诗："The sadness of my soul is her bride's veil. It waits to be lifted in the night."

［2］郑振铎译诗："我灵魂里的忧郁就是她的新婚的面纱。这面纱等候着在夜间卸去。"

第 099 首

铸成钱币费艰辛，朝代兴亡旧换新。

年代越长增价值，甘心生命购奇珍。

【李贵耘笺注】

[1] 泰戈尔原诗："Death's stamp gives value to the coin of life; making it possible to buy with life what is truly precious."

[2] 郑振铎译诗："死之印记给生的钱币以价值，使它能够用生命来购买那真正的宝物。"

第 100 首

广阔天空大舞台，雄鹰小雀任徘徊。

惟有云停隅角静，晨光予爱彩霞陪。

【李贵耘笺注】

[1] 泰戈尔原诗："The cloud stood humbly in a corner of the sky. The morning crowned it with splendour."

[2] 郑振铎译诗："白云谦逊地站在天之一隅。晨光给它戴上霞彩。"

第 101 首

人间万物存脾性，犯我当遭反制加。

却道尘灰难起眼，不惊宠辱报春花。

【李贵耘笺注】

[1] 泰戈尔原诗："The dust receives insult and in return offers her flowers."

[2] 郑振铎译诗："尘土受到损辱，却以她的花朵来报答。"

[3]姚华翻译:"尘土归众恶,生来遭践踏。受辱而施荣,生花作报答。"

第 102 首

人追事业走长途,不必摧花一朵孤。

坦道崎岖须自信,春来一路绽花殊。

【李贵耘笺注】

[1]泰戈尔原诗:"Do not linger to gather flowers to keep them, but walk on, for flowers will keep themselves blooming all your way."

[2]郑振铎译诗:"只管走过去,不必逗留着采了花朵来保存,因为一路上花朵自会继续开放的。"

[3]摧:摧折。《诗·大雅·云汉》:"先祖于摧。"范仲淹《岳阳楼记》:"商旅不行,樯倾楫摧。"

第 103 首

大树从容立沃园,阳光雨露有深恩。

勤耕蚯蚓生奇想,根是繁枝枝是根。

【李贵耘笺注】

[1]泰戈尔原诗:"Roots are the branches down in the earth. Branches are roots in the air"

[2]郑振铎译诗:"根是地下的枝。枝是空中的根。"

第 104 首

夏绿春荣起舞台,莺歌燕舞遍天垓。

余音生翅秋空绕,霜冷寻求故垒回。

【李贵耘笺注】

[1]泰戈尔原诗:"The music of the far. away summer flutters around the Autumn seeking its former nest."

[2]郑振铎译诗:"远远去了的夏之音乐,翱翔于秋间,寻求它的旧垒。"

[3]天垓:天际,天边。垓:指荒远之地。明·夏完淳《观涛》:"此水乃是沧溟来,长江如练浮天垓。"

第 105 首

事业辉煌隐内衷,荣归集体莫居功。

若将勋绩借朋辈,污辱伤人愿落空。

【李贵耘笺注】

[1]泰戈尔原诗:"Do not insult your friend by lending him merits from your own pocket."

[2]郑振铎译诗:"不要从你自己的袋里掏出勋绩借给你的朋友,这是

污辱他的。"

第 106 首

平淡时移似箭飞,莫名世事绕心扉。

思量苔藓层层绿,终岁攀缘老树围。

【李贵耘笺注】

[1] 泰戈尔原诗:"The touch of the nameless days clings to my heart like mosses round the old tree."

[2] 郑振铎译诗:"无名的日子的感触,攀缘在我的心上,正像那绿色的苔藓,攀缘在老树的周身。"

第 107 首

深沟幽壑涌清泉,汩汩涓流响地天。

累叠回音含哂笑,征途以证本声旋。

【李贵耘笺注】

[1] 泰戈尔原诗:"The echo mocks her origin to prove she is the original."

[2] 郑振铎译诗:"回声嘲笑她的原声,以证明她是原声。"

[3] 哂笑:讥笑,有嘲笑的意思。宋·辛弃疾《洞仙歌·赵晋臣和李能伯韵属余同和》:"看匆匆哂笑,争出山来。凭谁问、小草何如远志?"元·戴表元《少年行·赠袁养直》:"僮奴哂笑妻子骂,一字不给饥寒驱。"明·罗贯中《三国演义》第九七回:"众皆以为惧怯,哂笑而退。" 巴金

《寒夜》二八:"以前有人拿这个问题问过他,他还哂笑过那个人。"

第 108 首

人生富贵运三分,尚有七分仗苦勤。

倘自谦言神暗助,神灵有识觉羞闻。

【李贵耘笺注】

[1] 泰戈尔原诗:"God is ashamed when the prosperous boasts of his special favour."

[2] 郑振铎译诗:"当富贵利达的人夸说他得到神的特别恩惠时,神却羞了。"

第 109 首

自行投射影长长,不碍前途踏雪霜。

若遇乌云遮宇宙,点燃己备小灯光。

【李贵耘笺注】

[1] 泰戈尔原诗:"I cast my own shadow upon my path, because I have a lamp that has not been lighted."

[2] 郑振铎译诗:"我投射我自己的影子在我的路上,因为我有一盏还没有燃点起来的明灯。"

第 110 首

呼号每欲求沉默，不被喧哗打扰愁。

偏有贤人栖闹市，读书写作去心浮。

【李贵耘笺注】

[1] 泰戈尔原诗："Man goes into the noisy crowed to drown his own clamour of silence."

[2] 郑振铎译诗："人走进喧哗的群众里去，为的是要淹没他自己的沉默的呼号。"

第 111 首

衰竭机能便死亡，前程终止九泉藏。

人生莫使趋圆满，不息追求到远方。

【李贵耘笺注】

[1] 泰戈尔原诗："That which ends in exhaustion is death, but the perfect ending is in the endless."

[2] 郑振铎译诗："终止于衰竭是'死亡'，但'圆满'却终止于无穷。"

[3] 九泉：地下深处。常指人死后埋葬的地方。三国·魏·阮瑀《七哀诗》："冥冥九泉室，漫漫长夜台。"

第 112 首

万物繁荣靠太阳,太阳只着素衣裳。

白云偏爱鲜明色,却系裙裾灿烂彰。

【李贵耘笺注】

[1]泰戈尔原诗:"The sun has his simple rode of light. The clouds are decked with gorgeousness."

[2]郑振铎译诗:"太阳只穿一件朴素的光衣,白云却披了灿烂的裙裾。"

[3]裙裾:qún jū,裙子,裙幅。唐·常建《古兴》:"石榴裙裾蛱蝶飞,见人不语颦蛾眉。"

第 113 首

穿云破雾耸岩峰,宛若群儿戏闹凶。

夜黑同时举双臂,摘星揽月向苍穹。

【李贵耘笺注】

[1]泰戈尔原诗:"The hills are like shouts of children who raise their arms, trying to catch stars."

[2]郑振铎译诗:"山峰如群儿之喧嚷,举起他们的双臂,想去捉天上的星星。"

第 114 首

荒山小径布纵横,任被狼狐虎豹行。
何故偏偏归寂寞,无人予爱获佳名。

【李贵耘笺注】

［1］泰戈尔原诗:"The road is lonely in its crowd for it is not loved."
［2］郑振铎译诗:"道路虽然拥挤,却是寂寞的,因为它是不被爱的。"

第 115 首

污吏贪官私欲奢,恃权行恶自矜夸。
橙黄落叶相轻蔑,云彩飘浮讪笑哈。

【李贵耘笺注】

［1］泰戈尔原诗:"The power that boasts of its mischiefs is laughed at by the yellow leaves that fall, and clouds that pass by."
［2］郑振铎译诗:"权势以它的恶行自夸,落下的黄叶与浮游的云片却在笑它。"

第 116 首

普照阳光大地柔,犹如织布妇人悠。
语言忘却今思用,哼着歌声古味稠。

【李贵耘笺注】

[1]泰戈尔原诗:"The earth hums to me today in the sun, like a woman at her spinning, some ballad of the ancient time in a forgotten tongue."

[2]郑振铎译诗:"今天大地在太阳光里向我营营哼鸣,像一个织着布的妇人,用一种已经被忘却的语言,哼着一些古代的歌曲。"

第 117 首

半退寒流雪正消,草芽探脑欲伸腰。
人间遍地添新绿,小草迎风举手招。

【李贵耘笺注】

[1]泰戈尔原诗:"The grass-blade is worthy of the great world where it grows."

[2]郑振铎译诗:"绿草是无愧于它所生长的伟大世界的。"

第 118 首

昼劳夜息属常规，恩爱夫妻伴枕帏。
梦是娇妻谈吐健，夫君犯困忍相栖。

【李贵耘笺注】

［1］泰戈尔原诗："Dream is a wife who must talk, Sleep is a husband who silently suffers."

［2］郑振铎译诗："梦是一个一定要谈话的妻子。睡眠是一个默默忍受的丈夫。"

第 119 首

日落沉沉暮色收，夜同逝昼吻深幽。
轻声附耳慈亲语：赋尔新生不用愁。

【李贵耘笺注】

［1］泰戈尔原诗："The night kisses the fading day whispering to his ear, I am death, your mother. I am to give you fresh birth."

［2］郑振铎译诗："夜与逝去的日子接吻，轻轻地在他耳旁说道：'我是死，是你的母亲。我就要给你以新的生命。'"

第 120 首

丽日如灯有熄时，秋高气爽夜神奇。

众星捧月如新妇，浴后轻纱裹睡姿。

【李贵耘笺注】

[1] 泰戈尔原诗："I feel thy beauty, dark night, like that of the loved woman when she has put out the lamp."

[2] 郑振铎译诗："黑夜呀，我感觉到你的美了。你的美如一个可爱的妇人，当她把灯灭了的时候。"

第 121 首

世界繁华乱眼眉，贫穷富贵异欢悲。

荷塘香郁吾亲近，获取青莲雪藕宜。

【李贵耘笺注】

[1] 泰戈尔原诗："I carry in my world that flourishes the worlds that have failed."

[2] 郑振铎译诗："我把在那些已逝去的世界上的繁荣带到我的世界上来。"

第 122 首

哲人大海交良友，暮气沉昏听浪声。
更忆滩头天际望，智思伟大乐新生。

【李贵耘笺注】

[1] 泰戈尔原诗："Dear friend, I feel the silence of your great thoughts of many a deepening eventide on this beach when I listen to these waves."

[2] 郑振铎译诗："亲爱的朋友呀，当我静听着海涛时，我好几次在暮色深沉的黄昏里，在这个海岸上，感到你的伟大思想的沉默了。"

[3] 哲人：即哲学家。

第 123 首

常言海阔凭鱼跃，俗语天高任鸟飞。
鸟幸滩头抓小鲤，掠空慈善往家回。

【李贵耘笺注】

[1] 泰戈尔原诗："The bird thinks it is an act of kindness to give the fish a life in the air."

[2] 郑振铎译诗："鸟以为把鱼举在空中是一种慈善的举动。"

第 124 首

夜色昏沉语太阳，情书细阅借星光。

晨留绿草莹莹泪，已是吾心表白伤。

【李贵耘笺注】

[1] 泰戈尔原诗："In the moon thou sendest thy love letters to me, I leave my answers in tears upon the grass."

[2] 郑振铎译诗："夜对太阳说道：'在月亮中，你送了你的情书给我。我已在绿草上留下了我的流着泪点的回答了。'"

第 125 首

伟人当是天骄子，故事篇篇不厌听。

某日人生终点至，孩提时代后人铭。

【李贵耘笺注】

[1] 泰戈尔原诗："The Great is a born child; when he dies he gives his great childhood to the world."

[2] 郑振铎译诗："伟人是一个天生的孩子，当他死时，他把他的伟大的孩提时代给了世界。"

[3] 铭：在器物上刻字，表示纪念。唐·李白《古风五十九首》其三："……铭功会稽岭，骋望琅邪台。刑徒七十万，起土骊山隈。尚采不死药，茫然使心哀。连弩射海鱼，长鲸正崔嵬……"

第 126 首

椭形卵石臻完美,处世灵光办事通。
不是长年槌击狠,当酬歌舞水磨功。

【李贵耘笺注】

[1]泰戈尔原诗:"Not hammer-strokes, but dance of the water sings the pebbles into perfection."

[2]郑振铎译诗:"不是槌的打击,乃是水的载歌载舞,使鹅卵石臻于完美。"

第 127 首

蜜蜂飞向花中啜,满载离开道谢频。
蝴蝶轻浮苞上踩,还期百卉献殷勤。

【李贵耘笺注】

[1]泰戈尔原诗:"Bees sip honey from flowers and hum their thanks when they leave. The gaudy butterfly is sure that the flowers owe thanks to him."

[2]郑振铎译诗:"蜜蜂从花中啜蜜,离开时营营地道谢。浮华的蝴蝶却相信花是应该向它道谢的。"

第 128 首

真理完全须细究,回归实践验周身。

浅尝辄止抬头易,表象匆匆几句陈。

【李贵耘笺注】

[1] 泰戈尔原诗:"To be outspoken is easy when you do not wait to speak the complete truth."

[2] 郑振铎译诗:"如果你不等待着要说出完全的真理,那末把真话说出来是很容易的。"

[3] 浅尝辄止:意思是略微尝试一下就停下来。指不深入钻研。清·彭养鸥《黑籍冤魂》第二十四回:"此物非不可尝,苟文人墨客,浅尝辄止,用以悦性陶情,有何不可?"

第 129 首

可能偶问不可能:君居何处未成功?

目光呆滞轻相答:总在无能梦境中。

【李贵耘笺注】

[1] 泰戈尔原诗:"Asks the Possible to the Impossible, 'Where is your dwelling-place?' In the dreams of the impotent, ' comes the answer."

[2] 郑振铎译诗:"'可能'问'不可能'道:'你住在什么地方呢?'它回答道:'在那无能为力者的梦境里。'"

第 130 首

人生作息两相宜,偏颇当生意外悲。
闲暇当思勤发奋,波掀静海疾风吹。

【李贵耘笺注】

[1] 泰戈尔原诗:"Leisure in its activity is work. The stillness of the sea stirs in waves."

[2] 郑振铎译诗:"闲暇在动作时便是工作。静止的海水荡动时便成波涛。"

[3] 暇、发、疾:皆旧仄今平,此用旧韵。

第 131 首

雨露阳光荣万物,春风秋色总神奇。
恋它绿叶花枝俏,蓓蕾心崇果实垂。

【李贵耘笺注】

[1] 泰戈尔原诗:"The leaf becomes flower when it loves. The flower becomes fruit when it worships."

[2] 郑振铎译诗:"绿叶恋爱时便成了花。花崇拜时便成了果实。"

第 132 首

真理常居谬误中，千寻万觅拨朦胧。
倘将谬误关门外，真理登门必落空。

【李贵耘笺注】
[1] 泰戈尔原诗："If you shut your door to all errors truth will be shut out."
[2] 郑振铎译诗："如果你把所有的错误都关在门外时，真理也要被关在门外面了。"

第 133 首

近日我心多郁闷，常闻身畔响萧萧。
着意寻求新处所，心情转换步明朝。

【李贵耘笺注】
[1] 泰戈尔原诗："I hear some rustle of things behind my sadness of heart, —I cannot see them."
[2] 郑振铎译诗："我听见有些东西在我心的忧闷后面萧萧作响，——我不能看见它们。"
[3] 萧萧：象声词，形容马叫声或风声。先秦·佚名《渡易水歌》："风萧萧兮易水寒，壮士一去兮不复还。探虎穴兮入蛟宫，仰天呼气兮成白虹。"

第 134 首

葳蕤大树耸高天，雨露阳光赠眼前。
更感深根输养料，生成果实报酬蠲。

【李贵耘笺注】

[1] 泰戈尔原诗："The roots below the earth claim no rewards for making the branches fruitful."

[2] 郑振铎译诗："埋在地下的树根使树枝产生果实，却不要求什么报酬。"

[3] 葳蕤：形容枝叶繁盛。唐·张九龄《感遇》："兰叶春葳蕤，桂华秋皎洁。欣欣此生意，自尔为佳节。谁知林栖者，闻风坐相悦。草木有本心，何求美人折。"

[4] 蠲：除去，免除。清·曹雪芹《红楼梦》："如这些无头绪，荒乱，推托，偷闲，窃取等弊，次日一概都蠲了。"

第 135 首

阴雨黄昏夜色临，大风不止劲吹林。
我观摇曳繁枝树，念想人间万物深。

【李贵耘笺注】

[1] 泰戈尔原诗："This rainy evening the wind is restless. I look at the

swaying branches and ponder over the greatness of all things."

[2]郑振铎译诗:"阴雨的黄昏,风无休止地吹着。我看着摇曳的树枝,想念万物的伟大。"

第 136 首

夏天人困睡眠酣,子夜风携暴雨探。
恰似群孩深夜醒,嬉游喧闹使人烦。

【李贵耘笺注】

[1]泰戈尔原诗:"Storm of midnight, like a giant child awakened in the untimely dark, has begun to play and shout."

[2]郑振铎译诗:"子夜的风雨,如一个巨大的孩子,在不合时宜的黑夜里醒来,开始游嬉和喧闹。"

[3]嬉游:游乐,游玩。《史记·司马相如列传》:"若此辈者,数千百处。嬉游往来,宫宿馆舍,庖厨不徙,后宫不移,百官备具。"《宋书·江夏文献王义恭传》:"声乐嬉游,不宜令过;蒲酒渔猎,一切勿为。"宋·梅尧臣《野鸽》:"一日偶出群,盘空恣嬉游。"

第 137 首

工作文辞遇见初,深言恨晚两谦虚。
文辞自愧浮夸艳,工作孤贫感不舒。

【李贵耘笺注】

［1］泰戈尔原诗："I am ashamed of my emptiness, said the Word to the Work. I know how poor I am when I see you, said the Work to the Word."

［2］郑振铎译诗："文字对工作说道：我惭愧我的空虚。工作对文字说道：当我看见你时，我便知道我是怎样地贫乏了。"

第 138 首

大海无边寂寞多，俨然新妇独身过。
虽掀巨浪情人觅，一片心思没碧波。

【李贵耘笺注】

［1］泰戈尔原诗："Thou raisest the waves vainly to follow thy lover, O sea, thou lonely bride of the storm."

［2］郑振铎译诗："海呀，你这暴风雨的孤寂的新妇呀，你虽掀起波浪追随你的情人，但是无用呀。"

第 139 首

常道时间变化财，贫穷转富待将来。
墙头但见时钟挂，唯有针移嘀嗒哀。

【李贵耘笺注】

［1］泰戈尔原诗："Time is the wealth of change, but the clock in its parody makes it mere change and no wealth."

［2］郑振铎译诗："时间是变化的财富。时钟模仿它，却只有变化而无财富。"

第 140 首

世间真理裹衣裳，事实繁多束缚长。
墙外凡人生想象，温和转动似新娘。

【李贵耘笺注】

［1］泰戈尔原诗："Truth in her dress finds facts too tight. In fiction she moves with ease."

［2］郑振铎译诗："真理穿了衣裳，觉得事实太拘束了。在想象中，她却转动得很舒畅。"

第 141 首

南北东西行苦旅，疲劳总厌路途长。
今朝导引寻风景，远道春花爱意狂。

【李贵耘笺注】

［1］泰戈尔原诗："When I travelled to here and to there, I was tired of thee, O Road, but now when thou leadest me to everywhere I am wedded to thee in love."

［2］郑振铎译诗："当我到这里那里旅行着时，路呀，我厌倦你了；但是现在，当你引导我到各处去时，我便爱上你，与你结婚了。"

第 142 首

俗云地上诞人丁,对应高天闪亮星。

向往光明穿黑暗,谁来照我到心灵?

【李贵耘笺注】

[1] 泰戈尔原诗:"Let me think that there is one among those stars that guides my life through the dark unknown."

[2] 郑振铎译诗:"让我设想,在群星之中,有一颗星是指导着我的生命通过不可知的黑暗的。"

第 143 首

少妇纤纤五指柔,含情入室我心收。

乱糟什物重清理,秩序生存乐曲悠。

【李贵耘笺注】

[1] 泰戈尔原诗:"Woman, with the grace of your fingers you touched my things and order came out like music."

[2] 郑振铎译诗:"妇人,你用了你美丽的手指,触着我的什物,秩序便如音乐似的生出来了。"

第 144 首

巢筑情场感慨多,年华消失付沧波。
夜深酣睡常生梦,爱你声声似唱歌。

【李贵耘笺注】

［1］泰戈尔原诗:"One sad voice has its nest among the ruins of the years. It sings to me in the night, —I loved you."

［2］郑振铎译诗:"一个忧郁的声音,筑巢于逝水似的年华中。它在夜里向我唱道:我爱你。"

第 145 首

爱情燃野易疯狂,火焰熊熊警告强。
我已潜灰余烬内,祈求救助免残伤。

【李贵耘笺注】

［1］泰戈尔原诗:"The flaming fire warns me off by its own glow. Save me from the dying embers hidden under ashes."

［2］郑振铎译诗:"燃着的火,以它熊熊的光焰警告我不要走近它。把我从潜藏在灰中的余烬里救出来吧。"

第 146 首

少年我自爱书香，幻想群星入锦囊。
但看房间何所有，小灯未点借星光。

【李贵耘笺注】

［1］泰戈尔原诗："I have my stars in the sky. But oh for my little lamp unlit in my house."

［2］郑振铎译诗："我有群星在天上，但是，唉，我屋里的小灯却没有点亮。"

第 147 首

文字繁多藏字典，如何应用必深思。
语言尸体如粘紧，洗涤灵魂苦读诗。

【李贵耘笺注】

［1］泰戈尔原诗："The dust of the dead words clings to thee. Wash thy soul with silence."

［2］郑振铎译诗："死文字的尘土沾着你。用沉默去洗净你的灵魂吧。"

第 148 首

生命鲜花开绚烂,天时地利并人和。

踏经罅隙途超半,忧郁濒亡怨曲多。

【李贵耘笺注】

[1] 泰戈尔原诗:"Gaps are left in life through which comes the sad music of death."

[2] 郑振铎译诗:"生命里留了许多罅隙,从中送来了死之忧郁的音乐。"

[3] 罅隙:缝隙,裂缝。唐·姚合《拾得古砚》诗:"背面生罅隙,质状朴且丑。"清·陈确《报当事揭》:"深则必实,圹内棺外用灰土实筑之,不留罅隙。"

第 149 首

世界清晨驱黑暗,东升旭日播光明。

起身满蕴心中爱,双手张开喜笑迎。

【李贵耘笺注】

[1] 泰戈尔原诗:"The world has opened its heart of light in the morning. Come out, my heart, with thy love to meet it."

[2] 郑振铎译诗:"世界已在早晨敞开了它的光明之心。出来吧,我的心,带着你的爱去与它相会。"

第 150 首

顺境思维随叶闪,心灵沐日唱欢歌。

身偕万物生欣慰,夜黑时空不觉多。

【李贵耘笺注】

[1] 泰戈尔原诗:"My thoughts shimmer with these shimmering leaves and my heart sings with the touch of this sunlight; my life is glad to be floating with all things into the blue of space, into the dark of time."

[2] 郑振铎译诗:"我的思想随着这些闪耀的绿叶而闪耀;我的心灵因了这日光的抚触而歌唱;我的生命因为偕了万物一同浮泛在空间的蔚蓝,时间的墨黑而感到欢快。"

第 151 首

梦中散漫事多摊,压住心头喘气难。

觉醒同仁相告慰,完成任务自由欢。

【李贵耘笺注】

[1] 泰戈尔原诗:"This is a dream in which things are all loose and they oppress. I shall find them gathered in thee when I awake and shall be free."

[2] 郑振铎译诗:"在梦中,一切事都散漫着,都压着我,但这不过是一个梦呀。但我醒来时,我便将觉得这些事都已聚集在你那里,我也便将自由了。"

第 152 首

狂风暴雨唬人多,黑暗乘机作鬼魔。

巨大权威神把握,微飔巧妙显柔和。

【李贵耘笺注】

[1] 泰戈尔原诗:"God's great power is in the gentle breeze, not in the storm."

[2] 郑振铎译诗:"神的巨大的威权是在柔和的微飔里,而不在狂风暴雨之中。"

第 153 首

普照全天落日归,问谁黑夜续光辉?

瓦灯奋勇欣相告:不惜焚身亮四围。

【李贵耘笺注】

[1] 泰戈尔原诗:"Who is there to take up my duties? asked the setting sun. I shall do what I can, my Master, said the earthen lamp."

[2] 郑振铎译诗:"落日问道:有谁继续我的职务呢?瓦灯说道:我要尽我所能地做去,我的主人。"

[3] 瓦灯:陶制的油灯。宋·惠洪《谒灵源塔》:"瓦灯已照宫商

石，卵塔分藏服匿瓶。"何其芳《忆昔》："忆昔危楼夜读书，唐诗一卷瓦灯孤。"

第 154 首

想花更胜看花时，万种风情浪漫诗。

伸手粗将花瓣采，花心虽占美容衰。

【李贵耘笺注】

[1] 泰戈尔原诗："By plucking her petals you do not gather the beauty of the flower."

[2] 郑振铎译诗："采着花瓣时，得不到花的美丽。"

第 155 首

暗夜浓云卷树林，星蟾胆怯远天深。

离奇沉默言声蕴，犹似眠围幼小禽。

【李贵耘笺注】

[1] 泰戈尔原诗："Silence will carry your voice like the nest that holds the sleeping birds."

[2] 郑振铎译诗："沉默蕴蓄着语声，正如鸟巢拥围着睡鸟。"

[3] 星蟾：星月。

第 156 首

大鲸愿与小鲸游，怜爱生成长幼柔。
唯有中鲸相遁远，竞争留待后期酬。

【李贵耘笺注】

[1] 泰戈尔原诗："The Great walks with the Small without fear. The Middling keeps aloof."

[2] 郑振铎译诗："大的不怕与小的同游。居中的却远而避之。"

第 157 首

大地亲生云不乖，顽皮野性闹天街。
瑶台难释思家意，驭电携雷扑母怀。

【李贵耘笺注】

[1] 泰戈尔原诗："The raindrops kissed the earth and whispered, — We are thy homesick children, mother, come back to love from the heaven."

[2] 郑振铎译诗："雨点吻着大地，微语道：我们是你的思家的孩子，母亲，现在从天上回到你这里来了。"

[3] 不乖：指不讨人喜欢。乖：乖巧。

第 158 首

夜临抚爱促花开，晓曙依依别待回。
慷慨将功让白昼，花繁领奖上高台。

【李贵耘笺注】

[1] 泰戈尔原诗："The night opens the flowers in secret and allows the day to get thanks."

[2] 郑振铎译诗："夜秘密地把花开放了，却让白日去领受谢词。"

第 159 首

权势从时恣驭人，为酬壮志敢捐身。
倒行逆施牺牲痛，负义忘恩错掩尘。

【李贵耘笺注】

[1] 泰戈尔原诗："Power takes as ingratitude the writhings of its victims."

[2] 郑振铎译诗："权势认为牺牲者的痛苦是忘恩负义。"

[3] 施：古有平声、去声两读，此处读去声。

第 160 首

少壮勤劳老不悲,崇高荣誉竟相随。
年趋耳顺胸襟阔,淡泊功名利益时。

【李贵耘笺注】

[1]泰戈尔原诗:"When we rejoice in our fullness, then We can part with our fruits with joy."

[2]郑振铎译诗:"当我们以我们的充实为乐时,那么,我们便能很快乐地跟我们的果实分手了。"

[3]耳顺:是六十岁的代称。是指个人的修行成熟,没有不顺耳之事。是听得进逆耳之言,詈骂之声也无所谓,无所违碍于心。六十岁也可称"花甲"、"杖乡"(还乡之年)。古人有十岁不愁、二十不悔、三十而立、四十不惑、五十知天命、六十耳顺、七十而从心所欲之说。

第 161 首

蛛网偷偷夜布长,欲收玉露洗肥肠。
清风过处银丝摆,却获苍蝇自脸伤。

【李贵耘笺注】

[1]泰戈尔原诗:"The cobweb pretends to catch dewdrops and catches flies."

[2]郑振铎译诗:"蛛网好像要捉露点,却捉住了苍蝇。"

第 162 首

爱情甜蜜是初时，雨打风吹考验持。
点亮明灯行痛苦，家庭幸福已深思。

【李贵耘笺注】

[1] 泰戈尔原诗："Love! When you come with the burning lamp of pain in your hand, I can see your face and know you as bliss."

[2] 郑振铎译诗："爱情呀，当你手里拿着点亮了的痛苦之灯走来时，我能够看见你的脸，而且以你为幸福。"

第 163 首

小鸟清晨来兴奋，游玩捕食任飞行。
黄昏笼罩思归宿，飞入巢中默噤声。

【李贵耘笺注】

[1] 泰戈尔原诗："In the dusk of the evening the bird of some early dawn comes to the nest of my silence."

[2] 郑振铎译诗："在黄昏的微光里，有那清晨的鸟儿来到了我的沉默的鸟巢里。"

第 164 首

沟洫年年灌稻田，丰收喜悦挂腮边。
抬头望见秋河瘦，清水专供夜不眠。

【李贵耘笺注】

［1］泰戈尔原诗："The canal loves to think that rivers exist solely to supply it with water."

［2］郑振铎译诗："沟洫总喜欢想：河流的存在，是专为它供给水流的。"

［3］沟洫：田间水道，借指农田水利。《周礼·考工记·匠人》："匠人为沟洫……九夫为井，井间广四尺，深四尺，谓之沟。方十里为成，成间广八尺，深八尺，谓之洫。"晋·左思《蜀都赋》："沟洫脉散，疆里绮错，黍稷油油，粳稻莫莫。"清·金人瑞《秋雨甚田且坏》："怃怅蚯蚓升堂陛，细碎鱼虾实沟洫。"

［4］秋河：秋天的河流。

第 165 首

萤火幽幽照自身，一生短暂度他人。
抬头对语星将灭，未见回音到翌晨。

【李贵耘笺注】

［1］泰戈尔原诗："The learned say that your lights will one day be no more, said the firefly to the stars. The stars made no answer."

［2］郑振铎译诗："萤火对天上的星说道：学者说你的光明总有一天会消灭的。天上的星不回答它。"

第 166 首

由来思想仗思维，真理常从心上移。

宛若野凫翔碧宇，细听鼓翼响嗞嗞。

【李贵耘笺注】

［1］泰戈尔原诗："Thoughts pass in my mind like flocks of ducks in the sky. I hear the voice of their wings."

［2］郑振铎译诗："思想掠过我的心上，如一群野鸭飞过天空。我听见它们鼓翼之声了。"

第 167 首

世界施恩亦不公，夏天作物旱无穷。

犹将痛苦强相吻，索取歌声报怨终。

【李贵耘笺注】

［1］泰戈尔原诗：The world has kissed my soul with its pain, asking for its return in songs.

［2］郑振铎译诗："世界以它的痛苦同我接吻，而要求歌声做报酬。"

第 168 首

压迫神经耳欲聋,灵魂出窍我朦胧。
觉乎世界伸双手,敲我心扉灌雪风。

【李贵耘笺注】

[1]泰戈尔原诗:That which oppresses me, is it my soul trying to come out in the open, or the soul of the world knocking at my heart for its entrance?

[2]郑振铎译诗:"压迫着我的,到底是我的想要外出的灵魂呢,还是那世界的灵魂,敲着我心的门,想要进来呢?"

第 169 首

思想尤需语言饲,助其成长作高知。
成功事业酬勤奋,挺立人前不自卑。

【李贵耘笺注】

[1]泰戈尔原诗:Thought feeds itself with its own words and grows.

[2]郑振铎译诗:"思想以它自己的语言喂养它自己而成长起来了。"

第 170 首

夫妻本就似锅瓢，共灶终难火势调。
心碗轻轻沉默放，满盛深爱伴途遥。

【李贵耘笺注】

［1］泰戈尔原诗：I have dipped the vessel of my heart into this silent hour; it has filled with love.

［2］郑振铎译诗："我把我心之碗轻轻浸入这沉默之时刻中，它盛满了爱了。"

［3］盛：作动词，读平声。

第 171 首

吃饭无愁难进取，做工玩乐享优游。
有朝一日忧生活，做事糊涂后悔羞。

【李贵耘笺注】

［1］泰戈尔原诗："Either you have work or you have not. When you have to say, 'Let us do something', then begins mischief."

［2］郑振铎译诗："或者你在工作，或者你没有。当你不得不说'让我们做些事吧'时，那末就要开始胡闹了。"

［3］优游：指生活悠闲。

第 172 首

花朵无名开灿烂,不知羞耻炫荣光。

葵心向日忠贞志,旭日温牵爱意长。

【李贵耘笺注】

[1] 泰戈尔原诗:"The sunflower blushed to own the nameless flower as her kin. The sun rose and smiled on it, saying, Are you well, my darling?"

[2] 郑振铎译诗:"向日葵羞于把无名的花朵看作它的同胞。太阳升上来了,向它微笑,说道:你好么,我的宝贝儿?"

第 173 首

人生命运似行船,破浪乘风向海天。

倘问谁推航道远,自身动力勇奔前。

【李贵耘笺注】

[1] 泰戈尔原诗:"Who drives me forward like fate? The Myself striding on my back."

[2] 郑振铎译诗:"'谁如命运似的催着我向前走呢?''那是我自己,在身背后大跨步走着。'"

第 174 首

贪玩云彩游天际,半道雷鸣闪电隆。

泻水河杯含泪眼,转身隐匿远山中。

【李贵耘笺注】

[1] 泰戈尔原诗:The clouds fill the water. cups of the river, hiding themselves in the distant hills.

[2] 郑振铎译诗:"云把水倒在河的水杯里,它们自己却藏在远山之中。"

第 175 首

我是游云性劣顽,电鞭雷击泪潸潸。

手提水罐歪斜洒,剩少回家怎过关?

【李贵耘笺注】

[1] 泰戈尔原诗:I spill water from my water jar as I walk on my way, Very little remains for my home.

[2] 郑振铎译诗:"我一路走去,从我的水瓶中漏出水来。只剩下极少极少的水供我回家使用了。"

第 176 首

玻杯浅水如光亮,远海微波黑色呈。
小理行文清楚辩,奥深论点莫相争。

【李贵耘笺注】

[1] 泰戈尔原诗:The water in a vessel is sparkling; the water in the sea is dark. The small truth has words that are clear; the great truth has great silence.

[2] 郑振铎译诗:"杯中的水是光辉的;海中的水却是黑色的。小理可以用文字来说清楚;大理却只有沉默。"

第 177 首

微笑田园绚烂花,萧萧绿树吐谈赊。
君心却是灵通女,人面桃花映晚霞。

【李贵耘笺注】

[1] 泰戈尔原诗:Your smile was the flowers of your own fields, your talk was the rustle of your own mountain pines, but your heart was the woman that we all know.

[2] 郑振铎译诗:"你的微笑是你自己田园里的花,你的谈吐是你自己山上的松林的萧萧;但是你的心呀,却是那个女人,那个我们全都认识的女人。"

第 178 首

修炼人生增智慧,新鲜物赠爱人留。
主攻科技兼文艺,成绩全交大众收。

【李贵耘笺注】

[1]泰戈尔原诗:It is the little things that I leave behind for my loved ones, —great things are for everyone.

[2]郑振铎译诗:"我把小小的礼物留给我所爱的人,——大的礼物却留给一切的人。"

第 179 首

女人泪腺似温泉,一遇烦忧湿脸边。
温暖人心包世界,正如大海绕滩沿。

【李贵耘笺注】

[1]泰戈尔原诗:"Woman, you hast encircled the world's heart with the depth of thy tears as the sea has the earth."

[2]郑振铎译诗:"妇人呀,你用泪海包绕着世界的心,正如大海包绕着大地。"

第 180 首

红日精神尤旺盛，整天笑脸慰凡人。
深情雨姐多忧郁，向我喁喁话语频。

【李贵耘笺注】

[1] 泰戈尔原诗："The sunshine greets me with a smile. The rain, his sad sister, talks to my heart."

[2] 郑振铎译诗："太阳以微笑向我问候。雨，他的忧闷的姊姊，向我的心谈话。"

第 181 首

白昼风花浪漫歌，落英瓣瓣任消磨。
黄昏过后门窗闭，金果生成记忆多。

【李贵耘笺注】

[1] 泰戈尔原诗："My flower of the day dropped its petals forgotten. In the evening it ripens into a golden fruit of memory."

[2] 郑振铎译诗："我的昼间之花，落下它那被遗忘的花瓣。在黄昏中，这花成熟为一颗记忆的金果。"

第 182 首

一日三番反省深，千年古训入吾心。
犹如黑夜悠悠路，辨听绵延旧足音。

【李贵耘笺注】

[1] 泰戈尔原诗："I am like the road in the night listening to the footfalls of its memories in silence."

[2] 郑振铎译诗："我像那夜间之路，正静悄悄地谛听着记忆的足音。"

第 183 首

一盏明灯燃木屋，珠帘绮户透朦胧。
黄昏巨幕浑相似，爝火天边等待中。

【李贵耘笺注】

[1] 泰戈尔原诗："The evening sky to me is like a window, and a lighted lamp, and a waiting behind it."

[2] 郑振铎译诗："黄昏的天空，在我看来，像一扇窗户，一盏灯火，灯火背后的一次等待。"

[3] 爝火：jué huǒ，炬火，小火。《庄子·逍遥游》："日月出矣，而爝火不息；其於光也，不亦难乎！"唐·杜牧《又谢赐告身鞍马状》："萤光爝火，何裨日月之明；弱质孤根，但荷乾坤之德。"宋·梅尧臣《送梵才吉上人归天台》："我言亦爝火，岂使万木灰？"

第 184 首

修养身心当首要，齐家治国有支撑。

假如急促行慈善，反倒无闲察己行。

【李贵耘笺注】

［1］泰戈尔原诗："He who is too busy doing good finds no time to be good."

［2］郑振铎译诗："太急于做好事的人，反而找不到时间去做好人。"

第 185 首

秋云我自游空阔，莫笑轻浮雨水无。

垄垄金黄成熟稻，霜前廪实自豪殊。

【李贵耘笺注】

［1］泰戈尔原诗："I am the autumn cloud, empty of rain, see my fullness in the field of ripened rice."

［2］郑振铎译诗："我是秋云，空空地不载着雨水，但在成熟的稻田中，可以看见我的充实。"

［3］廪：指米仓。西汉·司马迁《史记·管晏列传》："仓廪实而知礼节，衣食足而知荣辱，上服度则六亲固。四维不张，国乃灭亡。下令如流水之源，令顺民心。"

第 186 首

愚昧焉能分善恶,凶残嫉妒被推崇。
天神羞愧知无语,记忆埋藏绿草中。

【李贵耘笺注】

[1] 泰戈尔原诗:"They hated and killed and men praised them. But God in shame hastens to hide its memory under the green grass."

[2] 郑振铎译诗:"他们嫉妒,他们残杀,人反而称赞他们。然而神却害了羞,匆匆地把他的记忆埋藏在绿草下面。"

第 187 首

步上高山脚板勤,苦心忍累不思停。
忠心莫笑平生傻,曾舍当年手指灵。

【李贵耘笺注】

[1] 泰戈尔原诗:"Toes are the fingers that have forsaken their past."
[2] 郑振铎译诗:"脚趾乃是舍弃了其过去的手指。"

第 188 首

黑暗沉沉自不轻,坚持旅次向光明。

盲人却恨辞天日,路远徐徐步绝程。

【李贵耘笺注】

[1] 泰戈尔原诗:"Darkness travels towards light, but blindness towards death."

[2] 郑振铎译诗:"黑暗向光明旅行,但是盲者却向死亡旅行。"

第 189 首

天垮杞人日夜忧,中华典故讽多愁。

哪知自大弯须狗,疑被神灵篡位谋。

【李贵耘笺注】

[1] 泰戈尔原诗:"The pet dog suspects the universe for scheming to take its place."

[2] 郑振铎译诗:"小狗疑心大宇宙阴谋篡夺它的位置。"

第 190 首

苦心夺利又争名,践土扬尘事不成。
工作精心当静候,繁华世界把君迎。

【李贵耘笺注】

[1] 泰戈尔原诗:"Sit still, my heart, do not raise your dust. Let the world find its way to you."

[2] 郑振铎译诗:"静静地坐着吧,我的心,不要扬起你的尘土。让世界自己寻路向你走来。"

第 191 首

意会殷殷箭与弓,离弦呼啸自由风。
引而不发心相印,狩猎丰收克敌雄。

【李贵耘笺注】

[1] 泰戈尔原诗:"The bow whispers to the arrow before it speeds forth—your freedom is mine."

[2] 郑振铎译诗:"弓在箭要射出之前,低声对箭说道:你的自由就是我的自由。"

第 192 首

少妇风情万种多,动人楚楚荡心波。
微微笑靥随声小,生命泉音似乐歌。

【李贵耘笺注】

[1]泰戈尔原诗:"Woman, in your laughter you have the music of the fountain of life."

[2]郑振铎译诗:"妇人,在你的笑声里有着生命之泉的音乐。"

第 193 首

理智心灵尚德操,恰如一柄利钢刀。
惩凶除恶扶良善,手上沾腥拭血瞧。

【李贵耘笺注】

[1]泰戈尔原诗:"A mind all logic is like a knife all blade. It makes the hand bleed that uses it."

[2]郑振铎译诗:"全是理智的心,恰如一柄全是锋刃的刀。它叫使用它的人手上流血。"

第 194 首

宇宙天神举巨星,和谐远望却惺惺。
人间夜晚灯光闪,更爱家家冷暖厅。

【李贵耘笺注】

[1] 泰戈尔原诗:"God loves man's lamp lights better than his own great stars."

[2] 郑振铎译诗:"神爱人间的灯光甚于他自己的大星。"

[3] 惺惺:本义指聪慧的人。这里指清醒。唐·杜甫《喜到复题短篇》其二:"应论十年事,愁绝始惺惺。"宋·陆游《不寐》诗:"一竿江渚寄沉冥,衰疾侵凌失鬓青。困睫日中常欲闭,夜阑枕上却惺惺。"

第 195 首

暴雨狂风万物惊,千难万险怎谋生?
轻音乐曲清凉剂,征服人心世太平。

【李贵耘笺注】

[1] 泰戈尔原诗:"This world is the world of wild storms kept tame with the music of beauty."

[2] 郑振铎译诗:"这世界乃是为美之音乐所驯服了的狂风骤雨的世界。"

第 196 首

太阳昼夜赠繁华,暮色余晖罥绛纱。

落日晚霞亲接吻,金光云似宝箱奢。

【李贵耘笺注】

[1]泰戈尔原诗:"My heart is like the golden casket of thy kiss, cloud to the sun."

[2]郑振铎译诗:"晚霞向太阳说道:我的心经了你的接吻,便似金的宝箱了。"

[3]罥:juàn,悬挂。唐·杜甫《茅屋为秋风所破歌》:"八月秋高风怒号,卷我屋上三重茅。茅飞渡江洒江郊,高者挂罥长林梢,下者飘转沉塘坳。……"

第 197 首

权力由来总诱人,乱臣贼子不堪亲。

亲则遭殃须远避,太平盛世作良臣。

【李贵耘笺注】

[1]泰戈尔原诗:"By touching you may kill, by keeping away you may possess."

[2]郑振铎译诗:"接触着,你许会杀害;远离着,你许会占有。"

第 198 首

唧唧蟋蟀勾玩性，夜雨淅淅引幼思。
犹似门开年少返，儿童趣味梦中痴。

【李贵耘笺注】

［1］泰戈尔原诗："The cricket's chirp and the patter of rain come to me through the dark, like the rustle of dreams from my past youth."

［2］郑振铎译诗："蟋蟀的唧唧，夜雨的淅沥，从黑暗中传到我的耳边，好似我已逝的少年时代沙沙地来到我的梦境中。"

［3］唧唧：jī jī，鸟鸣、虫吟声。唐·王维《青雀歌》："犹胜黄雀争上下，唧唧空仓复若何？"唧唧，旧读入声，今读平声。

［4］淅淅：xī xī，象声词，形容风声、雨声或下雪声。唐·白居易《竹窗》诗："绕屋声淅淅，逼人色苍苍。"淅淅：旧读入声，今读平声。

第 199 首

落尽星辰黑色掀，鸟声一叫醒山村。
夜眠花朵惊天晓，露点风吹落土根。

【李贵耘笺注】

［1］泰戈尔原诗："I have lost my dewdrop, cries the flower to the morning sky that has lost all its stars."

[2]郑振铎译诗:"花朵向星辰落尽了的曙天叫道:我的露点全失落了。"

第 200 首

木块燃烧不紧张,熊熊大火撒光芒。

自言此是开花朵,看破红尘面死亡。

【李贵耘笺注】

[1]泰戈尔原诗:"The burning log bursts in flame and cries, ——This is my flower, my death."

[2]郑振铎译诗:"燃烧着的木块,熊熊地生出火光,叫道:'这是我的花朵,我的死亡!'"

第 201 首

好高骛远黄蜂懒,总哂他人筑小巢。

旁妹抬头嬉笑怼:请君建造独栖郊。

【李贵耘笺注】

[1]泰戈尔原诗:"The wasp thinks that the honey. hive of the neighbouring bees is too small. His neighbors ask him to build one still smaller."

[2]郑振铎译诗:"黄蜂认为邻蜂储蜜之巢太小。他的邻人要他去建筑一个更小的。"

[3] 哂：shěn。字从口、从西。"西"指"太阳西斜"，转指"农人收工"。"口"与"西"联合起来表示"太阳西斜的时候，农夫们结束了一天的辛劳，终于可以放松放松了"。本义：心情轻松。引申义：微笑。再引申义：相互打趣儿；互相揶揄嘲弄一番；讥笑。戴表元《少年行》："童奴哂笑妻子骂，一字不给饥寒驱。"《晋书·蔡谟传》："我若为司徒，将谓后代所哂，义不敢拜也。"

第 202 首

河岸深情望水流，涛花浪鼓总难留。
心扉大敞推沙软，足印深深永久收。

【李贵耘笺注】

[1] 泰戈尔原诗："I cannot keep your waves, says the bank to the river, Let me keep your footprints in my heart."

[2] 郑振铎译诗："河岸向河流说道：我不能留住你的波浪。让我保存你的足印在我的心里吧。"

第 203 首

普照阳光万物荣，地球生气发嚣声。
东西大国相撞击，淹没喧嚣宇宙惊。

【李贵耕笺注】

［1］泰戈尔原诗："The day, with the noise of this little earth, drowns the silence of all worlds."

［2］郑振铎译诗："白日以这小小的地球的喧扰，淹没了整个宇宙的沉默。"

［3］撞：古有去声、平声两读，此读平声。

第 204 首

歌声美妙绕天穹，图画如春大地风。
诗意空灵能远走，飞翔曲调越珠宫。

【李贵耕笺注】

［1］泰戈尔原诗："The song feels the infinite in the air, the picture in the earth, the poem in the air and the earth；For its words have meaning that walks and music that soars."

［2］郑振铎译诗："歌声在天空中感到无限，图画在地上感到无限，诗呢，无论在空中，在地上都是如此。因为诗的词句含有能走动的意义与能飞翔的音乐。"

［3］珠宫：龙宫。唐·杜甫《太子张舍人遗织成褥段》："煌煌珠宫物，寝处祸所婴。"

［4］姚华翻译："歌声高彻天，画趣远移地。天地两无限，相感亦无既。分为画与歌，总为诗兼备。诗于天地中，上下无不至。因诗有章句，章句有意思。翔似众仙音，捷如百神骑。所以精意人，言必于诗寄。"

第 205 首

太阳普照赐光华,白昼辛劳晚憩家。

海浴轻松刚睡去,东方已伫待朝霞。

【李贵耘笺注】

[1] 泰戈尔原诗:"When the sun goes down to the West, the East of his morning stands before him in silence."

[2] 郑振铎译诗:"太阳在西方落下时,他的早晨的东方已静悄悄地站在他面前。"

第 206 首

做事艰难需毅力,从容积少到成功。

勿将懈怠埋心底,反对前行大业空。

【李贵耘笺注】

[1] 泰戈尔原诗:"Let me not put myself wrongly to my world and set it against me."

[2] 郑振铎译诗:"让我不要错误地把自己放在我的世界里而使它反对我。"

第 207 首

崇高荣誉是光环，奉献终生始可攀。

反省吾身惭愧久，尚需奋斗陟高山。

【李贵耘笺注】

[1] 泰戈尔原诗："Praise shames me, for I secretly beg for it."

[2] 郑振铎译诗："荣誉使我感到惭愧，因为我暗地里求着它。"

[3] 陟：zhì，升，登。《诗·大雅·文王》："文王陟降，在帝左右。"朱熹集传："盖以文王之神在天，一升一降，无时不在上帝之左右，是以子孙蒙其福泽，而君有天下也。"马瑞辰通释："《集传》之说是也……古者言天及祖宗之默佑，皆曰陟降。"

第 208 首

不可天天苦累忙，平生有度付弛张。

轻松少事从安静，犹似黄昏海水茫。

【李贵耘笺注】

[1] 泰戈尔原诗："Let my doing nothing when I have nothing to do become untroubled in its depth of peace like the evening in the seashore when the water is silent."

[2] 郑振铎译诗："当我没有什么事做时，便让我不做什么事，不受骚

扰地沉入安静深处吧,一如海水沉默时海边的暮色。"

［3］弛：chí，古读上声，今读平声。

第 209 首

世事未谙娇少女,清纯似水碧湖天。

足抬手举含情眼,真理鲜花伴邃渊。

【李贵耘笺注】

［1］泰戈尔原诗："Maiden, your simplicity, like the blueness of the lake, reveals your depth of truth."

［2］郑振铎译诗："少女呀,你的纯朴,如湖水之碧,表现出你的真理之深邃。"

［3］邃渊：幽深的水潭。

第 210 首

人参名贵长山中,未若盆花独享红。

倘去深山挖好药,深掏外土劈荆丛。

【李贵耘笺注】

［1］泰戈尔原诗："The best does not come alone. It comes with the company of the all."

［2］郑振铎译诗："最好的东西不是独来的,它伴了所有的东西同来。"

第 211 首

天神无事不能通,惩恶扶良总秉公。
右臂伸来施爱护,一抬左手扫歪风。

【李贵耘笺注】

[1] 泰戈尔原诗:"God's right hand is gentle, but terrible is his left hand."
[2] 郑振铎译诗:"神的右手是慈爱的,但是他的左手却可怕。"

第 212 首

乾坤昼夜总循环,寝释疲劳活力还。
暮色匆匆林树出,晓星未识话悠闲。

【李贵耘笺注】

[1] 泰戈尔原诗:"My evening came among the alien trees and spoke in a language which my morning stars did not know."
[2] 郑振铎译诗:"我的晚色从陌生的树木中走来,它用我的晓星所不懂得的语言说话。"

第 213 首

夜间黑暗觉沉沉，犹似高空巨袋深。

不屈情怀虽寂寞，金光迸出曙星临。

【李贵耘笺注】

[1] 泰戈尔原诗："Night's darkness is a bag that bursts with the gold of the dawn."

[2] 郑振铎译诗："夜之黑暗是一只口袋，迸出黎明的金光。"

第 214 首

雨后长虹绚烂多，文人雅士赋诗歌。

光辉七彩如能借，云雾人生美梦驮。

【李贵耘笺注】

[1] 泰戈尔原诗："Our desire lends the colors of the rainbow to the mere mists and vapors of life."

[2] 郑振铎译诗："我们的欲望把彩虹的颜色借给那只不过是云雾的人生。"

第 215 首

神赠鲜花富善心,迷茫暗助业追寻。

功成意满思回报,花作牺牲祷告深。

【李贵耘笺注】

[1] 泰戈尔原诗:"God waits to win back his own flowers as gifts from man's hands."

[2] 郑振铎译诗:"神等待着,要从人的手上把他自己的花朵作为礼物赢得回去。"

[3] 牺牲:此作名词,古指祭祀或祭拜用品。

第 216 首

人生逆境多逢半,紧绕忧愁饭不香。

名字缘由疏理尽,措施对症治无妨。

【李贵耘笺注】

[1] 泰戈尔原诗:"My sad thoughts tease me asking me their own names."

[2] 郑振铎译诗:"我的忧思缠绕着我,要问我它们自己的名字。"

第 217 首

繁华事业美春芳，果实秋尊宝贵粮。

我愿献身当绿叶，专心谨慎赠荫凉。

【李贵耘笺注】

[1]泰戈尔原诗："The service of the fruit is precious, the service of the flower is sweet, but let my service be the service of the leaves in its shade of humble devotion."

[2]郑振铎译诗："果的事业是尊贵的，花的事业是甜美的；但是让我做叶的事业吧，叶是谦逊地、专心地垂着绿荫的。"

第 218 首

野外阳光火焰腾，闷声静气室笼蒸。

我心早向风帆去，何处荫凉岛上乘？

【李贵耘笺注】

[1]泰戈尔原诗："My heart has spread its sails to the idle winds for the shadowy island of anywhere."

[2]郑振铎译诗："我的心向着阑珊的风张了帆，要到无论何处的荫凉之岛去。"

第 219 首

细究曾经统治王，得民心者国家昌。

独夫凶暴淫威施，受害人民总善良。

【李贵耘笺注】

［1］泰戈尔原诗："Men are cruel, but Man is kind."

［2］郑振铎译诗："独夫们是凶暴的，但人民是善良的。"

［3］施：古有平声、仄声两读。此读仄声。

第 220 首

我愿为杯赠友人，相交君子久长新。

时时盛满清纯水，胜比狐朋酒肉真。

【李贵耘笺注】

［1］泰戈尔原诗："Make me thy cup and let my fullness be for thee and for thine."

［2］郑振铎译诗："把我当做你的杯吧，让我为了你，而且为了你的人而盛满水吧。"

第 221 首

狂风暴雨转云倾,犹似天神痛哭声。

挚爱深情来太猛,老成地母拒相迎。

【李贵耘笺注】

[1] 泰戈尔原诗:"The storm is like the cry of some god in pain whose love the earth refuses."

[2] 郑振铎译诗:"狂风暴雨像是在痛苦中的某个天神的哭声,因为他的爱情被大地所拒绝。"

[3] 地母:此指大地。

第 222 首

堪笑曾经有杞人,忧天倒塌化灰尘。

茫茫世界难流失,死去非为罅隙屯。

【李贵耘笺注】

[1] 泰戈尔原诗:"The world does not leak because death is not a crack."

[2] 郑振铎译诗:"世界不会流失,因为死亡并不是一个罅隙。"

第 223 首

小利凡人皆赚取，他身感受未曾尝。

哪知生命光辉撒，付出真情事业昌。

【李贵耘笺注】

[1] 泰戈尔原诗："Life has become richer by the love that has been lost."

[2] 郑振铎译诗："生命因为付出了的爱情而更为富足。"

第 224 首

伟大心胸修养厚，智如破晓晔朝阳。

平生辛获良朋一，雪映孤峰沐曙光。

【李贵耘笺注】

[1] 泰戈尔原诗："My friend, your great heart shone with the sunrise of the East like the snowy summit of a lonely hill in the dawn."

[2] 郑振铎译诗："我的朋友，你伟大的心闪射出东方朝阳的光芒，正如黎明中的一个积雪的孤峰。"

第 225 首

荣华富贵今皆有，唯物非存真主尊。
更笑一贫如洗辈，整天祈祷受隆恩。

【李贵耘笺注】

[1] 泰戈尔原诗："Those who have everything but thee, my God, laugh at those who have nothing but themself."

[2] 郑振铎译诗："那些有一切东西而没有您的人，我的神，在讥笑着那些没有别的东西而只有您的人呢。"

第 226 首

万物精灵宜细究，春冬次第总相催。
流泉冻死依然涌，止水求生跳跃回。

【李贵耘笺注】

[1] 泰戈尔原诗："The fountain of death makes the still water of life play."

[2] 郑振铎译诗："死之流泉，使生的止水跳跃。"

第 227 首

人身康健方行远,生命长青运动培。

乐曲悠悠胜灵药,苦心疲惫唤春回。

【李贵耘笺注】

[1] 泰戈尔原诗:"The movement of life has its rest in its own music."

[2] 郑振铎译诗:"生命的运动在它自己的音乐里得到它的休息。"

第 228 首

遇事艰难负气差,于身无补恨磨牙。

猛然脚踢无轻重,扬起尘埃泪似麻。

【李贵耘笺注】

[1] 泰戈尔原诗:"Kicks only raise dust and not crops from the earth."

[2] 郑振铎译诗:"踢足只能从地上扬起尘土而不能得到收获。"

[3] 泪似麻:形容哭得厉害。清·蒲松龄《聊斋志异·凤阳士人》:"听蕉声,一阵一阵细雨下,何处与人闲嗑牙?望穿秋水,不见还家,潸潸泪似麻。"

第 229 首

吾辈身名夜海光，波来月落迹痕亡。

人生一世时间短，惜秒珍分事业芳。

【李贵耘笺注】

[1]泰戈尔原诗："Our names are the light that glows on the sea waves at night and then dies without leaving its signature."

[2]郑振铎译诗："我们的名字，便是夜里海波上发出的光，痕迹也不留就泯灭了。"

第 230 首

我号徘徊烂漫开，爱情浓烈不需媒。

如逢好色咸猪手，利刺分明列阵排。

【李贵耘笺注】

[1]泰戈尔原诗："Let him only see the thorns who has eyes to see the rose."

[2]郑振铎译诗："让睁眼看着玫瑰花的人也看看它的刺。"

[3]徘徊：即徘徊花，又叫刺玫花，是玫瑰的别名。为蔷薇科蔷薇属植物，原产是中国。在古时的汉语，"玫瑰"一词原意是指红色美玉。长久以来，玫瑰就象征着美丽和爱情。

第 231 首

太多荣誉将身累，名实难符更考量。

恰似黄金拴鸟翼，怎能天上再翱翔？

【李贵耘笺注】

［1］泰戈尔原诗："Set the bird's wings with gold and it will never again soar in the sky."

［2］郑振铎译诗："鸟翼上系上了黄金，这鸟便永不能再在天上翱翔了。"

第 232 首

我地青莲千里植，陌生水面怒开花。

虽将名姓偷偷换，散出芳香此作家。

【李贵耘笺注】

［1］泰戈尔原诗："The same lotus of our clime blooms here in the alien water with the same sweetness, under another name."

［2］郑振铎译诗："我们地方的荷花又在这陌生的水上开了花，放出同样的清香，只是名字换了。"

第 233 首

人生一世重追求,逆境艰难竞上游。

远景吾心今锁定,距离相隔广而悠。

【李贵耘笺注】

[1] 泰戈尔原诗:"In heart's perspective the distance looms large."

[2] 郑振铎译诗:"在心的远景里,那相隔的距离显得更广阔了。"

第 234 首

月儿成就美姻缘,今古诗多赞美篇。

灿烂光辉明宇宙,黑斑留得在身边。

【李贵耘笺注】

[1] 泰戈尔原诗:"The moon has her light all over the sky, her dark spots to herself."

[2] 郑振铎译诗:"月儿把她的光明遍照在天上,却留着她的黑斑给她自己。"

[3] 黑斑:此指月中黑影。

第 235 首

勿言晓曙是今晨，昨日如前怠慢频。
眺望朝阳从海起，当成子诞待婴亲。

【李贵耘笺注】

［1］泰戈尔原诗："Do not say, 'It is morning,'and dismiss it with a name of yesterday. See it for the first time as a new. born child that has no name."

［2］郑振铎译诗："不要说'这是早晨'，别用一个'昨天'的名词把它打发掉。你第一次看到它，把它当作还没有名字的新生孩子吧。"

第 236 首

雨点悄声求茉莉：心中将我永长留。
只闻花作轻微叹，遗恨无言落地休。

【李贵耘笺注】

［1］泰戈尔原诗："The raindrop whispered to the jasmine, 'Keep me in your heart for ever.' The jasmine sighed,'Alas,' and dropped to the ground."

［2］郑振铎译诗："雨点向茉莉花微语道：'把我永久地留在你的心里吧。'茉莉花叹息了一声，落在地上了。"

第 237 首

每日农家起炊爨,青烟夸口对空横。
寒灰坐地从心意,引以为荣火弟兄。

【李贵耘笺注】

[1] 泰戈尔原诗:"Smoke boasts to the sky, and ashes to the earth, that they are brothers to the fire."

[2] 郑振铎译诗:"青烟对天空夸口,灰烬对大地夸口,都以为它们是火的兄弟。"

[3] 炊爨:chuī cuàn,烧火煮饭或指从事炊事的人。《东观汉记·第五伦传》:"伦性节俭,作会稽郡(守),虽为二千石,卧布被,自养马,妻炊爨。"南朝·宋·刘义庆《世说新语·德行》:"(祖讷)性至孝,常自为母炊爨作食。"《资治通鉴·魏文帝黄初四年》:"今有人,使奴执耕稼,婢典炊爨,鸡主司晨,犬主吠盗,牛负重载,马涉远路;私业无旷,所求皆足,雍容高枕,饮食而已。忽一旦尽欲以身亲其役,不复付任,劳其体力,为此碎务,形疲神困,终无一成。"

第 238 首

空阔灵心点拨奇,微微腆怯诞新思。
诗人异想天开易,高古雄浑大胆随。

【李贵耘笺注】

［1］泰戈尔原诗："Timid thoughts, do not be afraid of me. I am a poet."

［2］郑振铎译诗："胆怯的思想呀，不要怕我。我是一个诗人。"

第 239 首

朦胧往事默无声，又听吾心蟋蟀鸣。

有望前途昏暗近，拨开暮色向星行。

【李贵耘笺注】

［1］泰戈尔原诗："The dim silence of my mind seems filled with crickets. chirp —the grey twilight of sound."

［2］郑振铎译诗："我的心在朦胧的沉默里，似乎充满了蟋蟀的鸣声——声音的灰暗的暮色。"

第 240 首

轰然爆竹飞天上，夜溅光华藐众星。

硝尘碎末纷纷落，光粒生花似夜萤。

【李贵耘笺注】

［1］泰戈尔原诗："Rockets, your insult to the stars follows yourself back to the earth."

［2］郑振铎译诗："爆竹呀，你对群星的侮蔑，又跟着你自己回到地上来了。"

第 241 首

领我曾经穿白昼,不堪拥挤旅程驰。

黄昏抵达幽深境,寂静通宵待晓离。

【李贵耘笺注】

[1] 泰戈尔原诗:"Thou hast led me through my crowded travels of the day to my evening's loneliness. I wait for its meaning through the stillness of the night."

[2] 郑振铎译诗:"您曾经带领着我,穿过我的白天的拥挤不堪的旅程,而到达了我的黄昏的孤寂之境。在通宵的寂静里,我等待着它的意义。"

第 242 首

吾辈有生如渡海,匆匆相聚小船中。

死时恰似人登岸,各去幽冥世界通。

【李贵耘笺注】

[1] 泰戈尔原诗:"This life is the crossing of a sea, where we meet in the same narrow ship. In death we reach the shore and go to our different worlds."

[2] 郑振铎译诗:"我们的生命就似渡过一个大海,我们都相聚在这个狭小的舟中。死时,我们便到了岸,各往各的世界去了。"

第 243 首

世界参差杂乱屯,难分贵贱与卑尊。

川流谬误兼真理,载重船行往返繁。

【李贵耘笺注】

[1] 泰戈尔原诗:"The stream of truth flows through its channels of mistakes."

[2] 郑振铎译诗:"真理之川从它的错误之沟渠中流过。"

第 244 首

飘泊长年费苦辛,我心早已想家人。

犹如跨过时间海,等待亲情会面欣。

【李贵耘笺注】

[1] 泰戈尔原诗:"My heart is homesick today for the one sweet hour across the sea of time."

[2] 郑振铎译诗:"今天我的心是在想家了,在想着那跨过时间之海的那一个甜蜜的时候。"

[3] 欣:用邻韵作韵脚。此叫"孤雁入群格"。

第 245 首

鸡叫三声曙色新,脆音小鸟唱歌频。
诗人脑海生奇想,乐曲霞光返地春。

【李贵耘笺注】

[1] 泰戈尔原诗:"The bird-song is the echo of the morning light back from the earth."

[2] 郑振铎译诗:"鸟的歌声是曙光从大地反响过去的回声。"

第 246 首

破晓晨光询莨菪,君何不吻我何堪?
吾虽漂亮毛含毒,怕损光明磊落男。

【李贵耘笺注】

[1] 泰戈尔原诗:"Are you too proud to kiss me?" The morning light ask the buttercup.

[2] 郑振铎译诗:"晨光问毛茛道:'你是骄傲得不肯和我接吻么?'"

[3] 莨菪:làng dàng,又名"天仙子",又称颠茄、孤莲花、裸女百合等。是被子植物门双子叶植物纲茄目的一种多年生草本植物,开黄褐色微紫的花,有毒。在意大利语中,莨菪的意思是"漂亮女人"。

第 247 首

小花沐日真诚问：怎放歌声仰慕君？

丽日垂头轻作答：清纯朴素蕴芳芬。

【李贵耘笺注】

[1]泰戈尔原诗："'How may I sing to thee and worship, O Sun?'ask the little flower.'By the simple silence of thy purity,answered the sun.'"

[2]郑振铎译诗："小花问道：'我要怎样地对你唱，怎样地崇拜你呢，太阳呀？'太阳答道：'只要用你的纯洁的素朴的沉默。'"

第 248 首

散步途逢哲学家，请教人兽何异差？

"人如演变无良兽，比兽凶残祸害赊。"

【李贵耘笺注】

[1]泰戈尔原诗："Man is worse than an animal when he is an animal."

[2]郑振铎译诗："当人是兽时，他比兽还坏。"

第 249 首

浮云风阻行程慢,累走高空脸黑灰。
七彩阳光轻抱吻,欣然化作艳花开。

【李贵耘笺注】

[1] 泰戈尔原诗:"Dark clouds become heaven's flowers when kissed by light."

[2] 郑振铎译诗:"黑云受光的接吻时便变成天上的花朵。"

第 250 首

大刀煜煜露锋芒,杀敌诛凶胜可量。
莫使刀锋生傲慢,讪讥木柄钝而僵。

【李贵耘笺注】

[1] 泰戈尔原诗:"Let not the sword-blade mock its handle for being blunt."

[2] 郑振铎译诗:"不要让刀锋讥笑它柄子的拙钝。"

第 251 首

人生恰似光明岛,劳逸相兼日月辉。

死如大海歌声永,日夜冲撞岛四陲。

【李贵耘笺注】

[1]泰戈尔原诗:"Around the sunny island of Life swells day and night death's limitless song of the sea."

[2]郑振铎译诗:"死像大海的无限的歌声,日夜冲击着生命的光明岛的四周。"

[3]撞:古有去、平两声,此读平声。

[4]陲:边缘,边地。唐·姚合《街西居三首》:"独我恶水浊,凿井庭之陲。"

第 252 首

由来造化异阴阳,暮色铺开入夜凉。

茫茫宇宙如灯盏,星缀银河烨亮光。

【李贵耘笺注】

[1]泰戈尔原诗:"The night's silence, like a deep lamp, is burning with the light of its milky way."

[2]郑振铎译诗:"夜的沉默,如一个深深的灯盏,银河便是它燃着的

灯光。"

[3] 烨：yè，本意是指火盛、明亮，引申义是光辉灿烂。

第 253 首

高耸山峰如蓓蕾，春来绿叶饮阳光。

温和雨露勤浇灌，一朵鲜花献上苍。

【李贵耘笺注】

[1] 泰戈尔原诗："Is not this mountain like a flower, with its petals of hill, drinking the sunlight?"

[2] 郑振铎译诗："花瓣似的山峰在饮着日光，这山岂不像一朵花吗？"

第 254 首

人间真实似鲜花，摇曳东风日影斜。

倘遇歪心遭误解，重轻倒置谎言赊。

【李贵耘笺注】

[1] 泰戈尔原诗："The real with its meaning read wrong and emphasis misplaced is the unreal."

[2] 郑振铎译诗："'真实'的含义被误解，轻重被倒置，那就成了'不真实'。"

第 255 首

擦亮眼睛观世界，心灵美丽在行为。
恰如百舸争流劲，击浪扬帆一路奇。

【李贵耘笺注】

［1］泰戈尔原诗："Find your beauty, my heart, from the world's movement, like the boat that has the grace of the wind and the water."

［2］郑振铎译诗："我的心呀，从世界的流动找你的美吧，正如那小船得到风与水的优美似的。"

第 256 首

曾经戴镜效高知，迂腐书生意气痴。
我请骄人观事眼，适调远近靠玻璃。

【李贵耘笺注】

［1］泰戈尔原诗："The eyes are not proud of their sight but of their eye-glasses."

［2］郑振铎译诗："眼不能以视来骄人，却以它们的眼镜来骄人。"

第 257 首

我住空间微世界，担心再缩整天愁。
望能抬举居宽室，情愿甘心失自由。

【李贵耘笺注】

［1］泰戈尔原诗："I live in this little world of mine and I am afraid to make it the least less. Life me into thy world and let me have the freedom gladly to lose my all."

［2］郑振铎译诗："我住在我的这个小小的世界里，生怕使它再缩小一丁点儿。把我抬举到您的世界里去吧，让我有高高兴兴地失去我的一切的自由。"

第 258 首

人如虚伪事难成，交友频频上当惊。
借此长年权力取，典章破坏巨贪生。

【李贵耘笺注】

［1］泰戈尔原诗："The false can never grow into truth by growing in power."
［2］郑振铎译诗："虚伪永远不能凭借它生长在权力中而变成真实。"

第 259 首

我心颤动妙如歌，共振形同吻岸波。
渴望阳光施抚爱，无边绿色海平和。

【李贵耘笺注】

［1］泰戈尔原诗："My heart, with its lapping waves of song, longs to caress this green world of the sunny day."

［2］郑振铎译诗："我的心，同着它的歌的拍拍舐岸的波浪，渴望着要抚爱这个阳光熙和的绿色世界。"

第 260 首

崎岖小道旁边草，脚踩犹能长势斜。
请爱高天星月夜，幽幽梦境簇鲜花。

【李贵耘笺注】

［1］泰戈尔原诗："Wayside grass, love the star, then your dreams will come out in flowers."

［2］郑振铎译诗："道旁的草，爱那天上的星吧，你的梦境便可在花朵里实现了。"

第 261 首

市井喧嚣紧闹心，无边知识怎追寻？

打开轻乐如刀刃，直刺门前杂嘴深。

【李贵耘笺注】

[1] 泰戈尔原诗："Let your music, like a sword, pierce the noise of the market to its heart."

[2] 郑振铎译诗："让你的音乐如一柄利刃，直刺入市井喧扰的心中吧。"

第 262 首

和风吹树颇温柔，嫩叶微微颤抖悠。

正似婴儿纤手指，心灵触动爱如流。

【李贵耘笺注】

[1] 泰戈尔原诗："The trembling leaves of this tree touch my heart like the fingers of an infant child."

[2] 郑振铎译诗："这树的颤动之叶，触动着我的心，像一个婴儿的手指。"

第 263 首

清纯朴素美人间,瘦小花凋沃土还。

魂魄犹追蝴蝶影,相亲相爱乐悠闲。

【李贵耘笺注】

[1] 泰戈尔原诗:"The little flower lies in the dust. It sought the path of the butterfly."

[2] 郑振铎译诗:"小花睡在尘土里。它寻求蛱蝶走的道路。"

第 264 首

道路纵横我自行,降临暮色月星明。

和风夏夜天当屋,自动开门卧晚晴。

【李贵耘笺注】

[1] 泰戈尔原诗:"I am in the world of the roads. The night comes. Open thy gate, thou world of the home."

[2] 郑振铎译诗:"我是在道路纵横的世界上。夜来了。打开您的门吧,家之世界呵!"

第 265 首

为君伴唱昼天歌,暮色匆匆已降多。

借你马灯勤赶路,飘摇风雨涉江波。

【李贵耘笺注】

[1]泰戈尔原诗:"I have sung the songs of thy day. In the evening let me carry the lamp through the stormy path."

[2]郑振铎译诗:"我已经唱过了您的白天的歌。在黄昏的时候,让我拿着您的灯走过风雨飘摇的道路吧。"

[3]马灯:是一种可以手提的、能防风雨的煤油灯,骑马夜行时能挂在马身上,因此而得名。沿海地区大部分用于船上,也有"船灯"的叫法,尤其是有风有雨的天气,真是渔民的照明利器。马灯是20世纪在中国产生的一种照明工具。它以煤油作灯油,再配上一根灯芯,外面罩上玻璃罩子,以防风将灯吹灭。魏巍长篇小说《东方》第五部第一章:"壁上挂着一盏陪伴周仆多年的旧马灯,还有一幅标着敌我态势的地图。"

第 266 首

我住西山尔壑东,虹桥未架路难通。

不求进屋身边伴,寂寞消除入梦中。

【李贵耘笺注】

[1]泰戈尔原诗："I do not ask thee into the house. Come into my infinite loneliness, my Lover."

[2]郑振铎译诗："我不要求你进我的屋里。你到我无量的孤寂里来吧，我的爱人！"

第 267 首

大限来临命即终，新生故去一般同。

常思举足行山路，落步轻松沐晓风。

【李贵耘笺注】

[1]泰戈尔原诗："Death belongs to life as birth does. The walk is in the raising of the foot as in the laying of it down."

[2]郑振铎译诗："死亡隶属于生命，正与生一样。举足是走路，正如落足也是走路。"

第 268 首

雨露勤滋花蕾放，阳光普照子怀身。

欢欣妊娠长禁苦，养育成功死后新。

【李贵耘笺注】

[1]泰戈尔原诗："I have learnt the simple meaning of the whispers in flowers and sunshine—teach me to know thy words in pain and death."

［2］郑振铎译诗："我已经学会了你在花与阳光里微语的意义。——再教我明白你在苦与死中所说的话吧。"

［2］娠：有平、去两声，此为去声。

第269首

偏逢暗夜晚开花，旭日相亲吻着她。
颤栗微微生叹息，无声凋萎坠尘沙。

【李贵耘笺注】

［1］泰戈尔原诗："The night's flower was late when the morning kissed her, she shivered and sighed and dropped to the ground."

［2］郑振铎译诗："夜的花朵来晚了，当早晨吻着她时，她颤栗着，叹息了一声，萎落在地上了。"

第270首

人类贪婪砍伐频，寰球万物苦愁身。
长流水土春难绿，大地呻吟痛起尘。

【李贵耘笺注】

［1］泰戈尔原诗："Through the sadness of all things I hear the crooning of the Eternal Mother."

［2］郑振铎译诗："从万物的愁苦中，我听见了'永恒母亲'的呻吟。"

第 271 首

海岸初来陌路人，房中久住主宾亲。

有朝一日离君去，难舍良朋友谊真。

【李贵耘笺注】

[1]泰戈尔原诗："I came to your shore as a stranger, I lived in your house as a guest, I leave your door as a friend, my earth."

[2]郑振铎译诗："大地呀，我到你岸上时是一个陌生人，住在你屋内时是一个宾客，离开你的门时是一个朋友。"

第 272 首

我欲长离天际去，一生思想赋诗篇。

恰如夕照余光聚，映射星睛月脸边。

【李贵耘笺注】

[1]泰戈尔原诗："Let my thoughts come to you, when I am gone, like the after glow of sunset at the margin of starry silence."

[2]郑振铎译诗："当我去时，让我的思想到你那里来，如那夕阳的余光，映在沉默的星天的边上。"

第 273 首

祈愿苍穹憩夕晖，黄昏点亮众星微。

我心已度香帘幕，天籁涛声启爱扉。

【李贵耘笺注】

[1] 泰戈尔原诗："Light in my heart the evening star of rest and then let the night whisper to me of love."

[2] 郑振铎译诗："在我的心头燃点起那休憩的黄昏星吧，然后让黑夜向我微语着爱情。"

第 274 首

我是孩童栖黑暗，沉沉夜被压高空。

无援困苦孤身怯，伸手呼娘向月宫。

【李贵耘笺注】

[1] 泰戈尔原诗："I am a child in the dark. I stretch my hands through the coverlet of night for thee, Mother."

[2] 郑振铎译诗："我是一个在黑暗中的孩子。我从夜的被单里向您伸出我的双手，母亲。"

第 275 首

白天忙碌下班迟,工作虽完困顿疲。

母臂斜弯埋我脸,温馨入梦诵童诗。

【李贵耘笺注】

[1] 泰戈尔原诗:"The day of work is done. Hide my face in your arms, Mother. Let me dream."

[2] 郑振铎译诗:"白天的工作完了。把我的脸掩藏在您的臂间吧,母亲。让我入梦吧。"

第 276 首

集会灯光先点久,人生亮色展当时。

议程落幕将灯熄,鸦雀无声胆量微。

【李贵耘笺注】

[1] 泰戈尔原诗:"The lamp of meeting burns long; it goes out in a moment at the parting."

[2] 郑振铎译诗:"集会时的灯光,点了很久,会散时,灯便立刻灭了。"

第 277 首

大爱人生不悔诗,尽知奉献感当时。
病危到死心舒坦,永记芳名典范垂。

【李贵耘笺注】

[1] 泰戈尔原诗:"One word keep for me in thy silence, O World, when I am dead, I have loved."

[2] 郑振铎译诗:"当我死时,世界呀,请在你的沉默中,替我留着'我已经爱过了'这句话吧。"

第 278 首

家国情怀胜旧时,书生致世更为师。
经营热土凭心力,自有累累硕果垂。

【李贵耘笺注】

[1] 泰戈尔原诗:"We live in this world when we love it."

[2] 郑振铎译诗:"我们在热爱世界时便生活在这世界上。"

[3] 书生致世:即以儒致世。就是"己所不欲,勿施于人",为人处事,学会换位思考。"穷则独善其身,达则兼济天下","幼吾幼,以及人之幼;老吾老,以及人之老","仁者爱人",以一颗善良博爱之心,视四海皆兄弟。

为人在世，首先要做对他人幸福有助益的好人。因为，个人的价值是通过满足别人的需求来体现的，正如人必须通过对面的镜子才能看到自己一样。一个人心有多大，就能有多强；容有多广，事就有多旺。如果能做到"先天下之忧而忧，后天下之乐而乐"，那更是人生的高境界了。

［4］累累：旧读平声，音雷。

第279首

修身治国平天下，立业谋功荣耀家。

死者英名垂不朽，生人相爱享奢华。

【李贵耘笺注】

［1］泰戈尔原诗："Let the dead have the immortality of fame, but the living the immortality of love."

［2］郑振铎译诗："让死者有那不朽的名，但让生者有那不朽的爱。"

［3］生人：指活着的人。《庄子·至乐》："视子所言，皆生人之累也，死则无此矣。"《玉台新咏·古诗为焦仲卿妻作》："生人作死别，恨恨那可论！"

第280首

见君犹似遇慈亲，半醒婴孩晓曙春。

嘴角微微含笑意，依依入睡几时辰。

【李贵耘笺注】

[1] 泰戈尔原诗:"I have seen thee as the half-awakened child sees his mother in the dusk of the dawn and then smiles and sleeps again."

[2] 郑振铎译诗:"我看见你,像那半醒的婴孩在黎明的微光里看见他的母亲,于是微笑而又睡去了。"

第 281 首

松龄鹤寿等闲看,留取人间一寸丹。
前世身亡今又死,生生死死是循环。

【李贵耘笺注】

[1] 泰戈尔原诗:"I shall die again and again to know that life is inexhaustible."

[2] 郑振铎译诗:"我将死了又死,以明白生是无穷无尽的。"

[3] 环:借邻韵做韵脚,此名"孤雁入群格"。

第 282 首

人群拥挤我行斜,君送微微笑脸花。
一路歌声增兴奋,心中愉悦忘喧哗。

【李贵耘笺注】

[1] 泰戈尔原诗:"While I was passing with the crowd in the road I saw thy

smile from the balcony and I sang and forgot all noise."

［2］郑振铎译诗："当我和拥挤的人群一同在路上走过时，我看见您从阳台上送过来的微笑，我歌唱着，忘却了所有的喧哗。"

第 283 首

苦累人生深感触，家庭社会系幽衷。

胸怀大爱心充实，犹似华筵酒满觥。

【李贵耘笺注】

［1］泰戈尔原诗："Love is life in its fullness like the cup with its wine."

［2］郑振铎译诗："爱就是充实了的生命，正如盛满了酒的酒杯。"

第 284 首

和尚燃灯明寺院，经堂打坐颂梵歌。

清晨小鸟声清脆，喜唱山林快乐多。

【李贵耘笺注】

［1］泰戈尔原诗："They light their own lamps and sing their own words in their temples. But the birds sing thy name in thine own morning light, — for thy name is joy."

［2］郑振铎译诗："他们点了他们自己的灯，在他们的寺院内，吟唱他们自己的话语。但是小鸟们却在你的晨光中，唱着你的名字，——因为你的名

字便是快乐。"

[3]梵：其有去声、平声两读。此为平声仄义。

第 285 首

舞厅饭馆非吾爱，静巷书摊喜逛多。

领至君家幽静室，心中溢出爱情歌。

【李贵耘笺注】

[1]泰戈尔原诗："Lead me in the centre of thy silence to fill my heart with songs."

[2]郑振铎译诗："领我到您的沉寂的中心，使我的心充满了歌吧。"

第 286 首

嗞嗞焰火夜浮华，不羡迁居此处家。

渴望繁星光照我，心崇天帝不思邪。

【李贵耘笺注】

[1]泰戈尔原诗："Let them live who choose in their own hissing world of fireworks. My heart longs for thy stars, my God."

[2]郑振铎译诗："让那些选择了他们自己的焰火咝咝的世界的，就生活在那里吧。我的心渴望着您的繁星，我的神。"

第 287 首

苦痛如藤绕一生，呻吟宛若海歌声。

爱情快乐如飞鸟，喜跃花林悦耳鸣。

【李贵耘笺注】

[1] 泰戈尔原诗："Love's pain sang round my life like the unplumbed sea, and love's joy sang like birds in its flowering groves."

[2] 郑振铎译诗："爱的痛苦环绕着我的一生，像汹涌的大海似地唱着；而爱的快乐却像鸟儿们在花林里似地唱着。"

第 288 首

绵绵爱意从心愿，请熄明灯揭幔帷。

感谢乾坤分暗夜，终生喜爱不时移。

【李贵耘笺注】

[1] 泰戈尔原诗："Put out the lamp when thou wishest. I shall know thy darkness and shall love it."

[2] 郑振铎译诗："假如您愿意，您就熄了灯吧。我将明白您的黑暗，而且将喜爱它。"

[3] 幔帷：màn wéi，帷幕。汉·司马相如《长门赋》："张罗绮之幔帷兮，垂楚组之连纲。"亦作"帷幔"。《后汉书·臧洪传》："绍盛帷

幔，大会诸将见洪。"《宋史·王渊传》："闻渊疾，遣中使曾泽问疾。泽还，言其帷幔茵褥皆不具。"

第 289 首

苦楚长年另建家，君将看见累疮痂。

创伤我自心中痛，却晓良方妙药加。

【李贵耘笺注】

[1] 泰戈尔原诗："When I stand before thee at the day's end thou shalt see my scars and know that I had my wounds and also my healing."

[2] 郑振铎译诗："当我在那日子的终了，站在您的面前时，您将看见我的伤疤，而知道我有我的许多创伤，但也有我的医治的法儿。"

[3] 疮痂：chuāng jiā，疮口表面所结的痂。《宋书·刘穆之传》："邕所至嗜食疮痂，以为味似鳆鱼。"宋·苏轼《鳆鱼行》："食每对之先太息，不因噎呕缘疮痂。" 清·采蘅子《虫鸣漫录》卷二："三数日后，解纸缚，疮痂已落。"也比喻缺点、过失。

第 290 首

虽怀爱意不同林，总有晨光再世心。

曾喜家山多丽日，桃花人面忆深深。

【李贵耘笺注】

[1] 泰戈尔原诗："Some day I shall sing to thee in the sunrise of some other

world, I have seen thee before in the light of the earth, in the love of man."

［2］郑振铎译诗："总有一天，我要在别的世界的晨光里对你唱道：'我以前在地球的光里，在人的爱里，已经见过你了。'"

第 291 首

异日飘浮浅淡云，入吾生命久温文。

暴风骤雨虽无再，只予残阳绚丽雯。

【李贵耘笺注】

［1］泰戈尔原诗："Clouds come floating into my life from other days no longer to shed rain or usher storm but to give colour to my sunset sky."

［2］郑振铎译诗："从别的日子里飘浮到我的生命里的云，不再落下雨点或引起风暴了，却只给予我的夕阳的天空以色彩。"

［3］雯：wén，有花纹的云彩。

第 292 首

真理抬头引暗云，狂风暴雨扰纷纷。

新闻广播声音断，吹散萌芽种子群。

【李贵耘笺注】

［1］泰戈尔原诗："Truth raises against itself the storm that scatters its seeds broadcast."

［2］郑振铎译诗："真理引起了反对它自己的狂风骤雨，那场风雨吹散了真理的广播的种子。"

第 293 首

昨夜凉风带雨纷，暮秋老虎缚千斤。

鸡鸣旭日从东起，金色和平惠庶群。

【李贵耘笺注】

[1] 泰戈尔原诗："The storm of the last night has crowned this morning with golden peace."

[2] 郑振铎译诗："昨夜的风雨给今日的早晨戴上了金色的和平。"

[3] 暮秋老虎：即谚语"二十四个秋老虎"。立秋那天如果没有下雨，那么，立秋后的二十四天都会十分炎热，称之为二十四个秋老虎。如果立秋节气这天下雨了，哪怕是小雨，则称为"顺秋"。民间有俗语云：一场秋雨一场凉，就是说顺秋以后天气就会变得越来越凉爽宜人。秋老虎在气象学上是指三伏出伏以后短期回热后35℃以上的天气，一般发生在8月至9月之间。

秋老虎的特点：一是空气干燥、阳光充足、中午炎热。二是闷热持续时间长。

第 294 首

从容真理到人间，结论同携过雾山。

一个分生添两个，当今世界智能还。

【李贵耘笺注】

[1] 泰戈尔原诗："Truth seems to come with its final word; and the final

word gives birth to its next."

[2]郑振铎译诗:"真理仿佛带了它的结论而来,而那结论却产生了它的第二个。"

第 295 首

奋斗人生有福音,光鲜荣誉暗来临。
假如名望低成就,远大前程更上心。

【李贵耘笺注】

[1]泰戈尔原诗:"Blessed is he whose fame does not outshine his truth."

[2]郑振铎译诗:"他是有福的,因为他的名望并没有比他的真实更光亮。"

第 296 首

芳名甜蜜满心胸,夜晚呼君忘雪冬。
犹似清晨升旭日,迷蒙大雾散无踪。

【李贵耘笺注】

[1]泰戈尔原诗:"Sweetness of thy name fills my heart when I forget mine—like thy morning sun when the mist is melted."

[2]郑振铎译诗:"您的名字的甜蜜充溢着我的心,而我忘掉了我自己的——就像您的早晨的太阳升起时,那大雾便消失了。"

第 297 首

星月朦胧催入睡，沉沉夜晚似慈亲。
白天喧闹孩童性，美丽天真活泼身。

【李贵耘笺注】

[1] 泰戈尔原诗："The silent night has the beauty of the mother and the clamorous day of the child."

[2] 郑振铎译诗："静悄悄的黑夜具有母亲的美丽，而吵闹的白天具有孩子的美。"

第 298 首

凡人微笑频生爱，旧恨新仇俱解排。
一旦狂夫生大笑，和平世界起悲哀。

【李贵耘笺注】

[1] 泰戈尔原诗："The world loved man when he smiled. The world became afraid of him when he laughed."

[2] 郑振铎译诗："当人微笑时，世界爱了他；当他大笑时，世界便怕他了。"

第 299 首

天神无所不能为，隧道时光倒退追。
生命科研凭智慧，还童返老待时期。

【李贵耘笺注】

[1]泰戈尔原诗："God waits for man to regain his childhood in wisdom."
[2]郑振铎译诗："神等待着人在智慧中重新获得童年。"

第 300 首

茫茫世界爱常新，现已成形赖汝辛。
我自专心谋奉献，时时刻刻助人人。

【李贵耘笺注】

[1]泰戈尔原诗："Let me feel this world as thy love taking form, then my love will help it."
[2]郑振铎译诗："让我感到这个世界乃是您的爱的成形吧，那末，我的爱也将帮助着它。"

第 301 首

君是阳光照我心,寒冬微笑抗霜侵。
从来未启怀疑眼,春暖花开准莅临。

【李贵耘笺注】

[1] 泰戈尔原诗:"Thy sunshine smiles upon the winter days of my heart, never doubting of its spring flowers."

[2] 郑振铎译诗:"您的阳光对着我的心头的冬天微笑,从来不怀疑它的春天的花朵。"

[3] 莅临:lì lín,来到;来临(多用于贵宾)。

第 302 首

话传人类天神造,吻别云空送有涯。
幸福人间山水乐,相亲相爱永和谐。

【李贵耘笺注】

[1] 泰戈尔原诗:"God kisses the finite in his love and man the infinite."

[2] 郑振铎译诗:"神在他的爱里吻着'有涯',而人却吻着'无涯'。"

第 303 首

人生恋爱不寻常,经受艰难考验长。
不毛沙漠穿行后,结缔良缘入洞房。

【李贵耘笺注】

[1] 泰戈尔原诗:"Thou crossest desert lands of barren years to reach the moment of fulfillment."

[2] 郑振铎译诗:"您越过不毛之年的沙漠而到达了圆满的时刻。"

第 304 首

由神捏造原人类,男女双双诞地球。
静处依依生默契,粗标笔划语言优。

【李贵耘笺注】

[1] 泰戈尔原诗:"God's silence ripens man's thoughts into speech."

[2] 郑振铎译诗:"神的静默使人的思想成熟而为语言。"

第 305 首

永恒逆旅苦追求,跋涉崎岖岁月稠。

我赋诗歌辉史册,写君足迹后人留。

【李贵耘笺注】

[1]泰戈尔原诗:"Thou wilt find, Eternal Traveller, marks of thy footsteps across my songs."

[2]郑振铎译诗:"'永恒的旅客'呀,你可以在我的歌众找到你的足迹。"

第 306 首

一贯言行育子情,相争道理阐深明。

如今成就非凡业,父辈荣光获再生。

【李贵耘笺注】

[1]泰戈尔原诗:"Let me not shame thee, Father, who displayest thy glory in thy children."

[2]郑振铎译诗:"让我不至羞辱您吧,父亲,您在您的孩子们身上显出您的光荣。"

第 307 首

低矮浓云少日明，狂风号叫哭声声。

如童责打留悲泪，依旧前行会友朋。

【李贵耘笺注】

　　[1] 泰戈尔原诗："Cheerless is the day, the light under frowning clouds is like a punished child with traces of tears on its pale cheeks, and the cry of the wind is like the cry of a wounded world. But I know I am traveling to meet my Friend."

　　[2] 郑振铎译诗："这一天是不快活的。光在蹙额的云下，如一个被责打的儿童，灰白的脸上留着泪痕；风又号叫着，似一个受伤的世界的哭声。但是我知道，我正跋涉着去会我的朋友。"

　　[3] 朋：末句用邻韵为韵脚，以免以辞害意。这叫"孤雁入群"格。

第 308 首

今夜沙沙响绿棕，海涛撞岸月收容。

深非可测天空暗，爱痛携来秘密封。

【李贵耘笺注】

　　[1] 泰戈尔原诗："Tonight there is a stir among the palm leaves, a swell in the sea, Full Moon, like the heart throb of the world. From what unknown sky hast thou carried in thy silence the aching secret of love?"

［2］郑振铎译诗："今天晚上棕榈叶在嚓嚓地作响，海上有大浪，满月呵，就像世界在心脉悸跳。从什么不可知的天空，您在您的沉默里带来了爱的痛苦的秘密？"

第 309 首

梦见星辉岛屿明，我生此处夜三更。

闲暇生命成公益，犹似秋田稻穗盈。

【李贵耘笺注】

［1］泰戈尔原诗："I dream of a star, an island of light, where I shall be born and in the depth of its quickening leisure my life will ripen its works like the rice-field in the autumn sun."

［2］郑振铎译诗："我梦见一颗星，一个光明岛屿，我将在那里出生。在它快速的闲暇深处，我的生命将成熟它的事业，像阳光下的稻田。"

［3］暇：xiá，古读去声，今读平声。

第 310 首

沃土甘霖气息浓，风调雨顺乐耕农。

歌声赞美全村乐，渺小无声俱动容。

【李贵耘笺注】

［1］泰戈尔原诗："The smell of the wet earth in the rain rises like a great chant of praise from the voiceless multitude of the insignificant."

［2］郑振铎译诗："雨中的湿土的气息,就像从渺小的无声的群众那里来的一阵巨大的赞美歌声。"

第 311 首

恋中男女总依依,未筑新巢患远飞。

倘作平常真理待,目前事实不相违。

【李贵耘笺注】

［1］泰戈尔原诗:"That love can ever lose is a fact that we cannot accept as truth."

［2］郑振铎译诗:"说爱情会失去的那句话,乃是我们不能够当作真理来接受的一个事实。"

第 312 首

明白终将归自然,死神难以夺遗篇。

灵魂所获精神食,代代相传启后贤。

【李贵耘笺注】

［1］泰戈尔原诗:"We shall know some day that death can never rob us of that which our soul has gained, for her gains are one with herself."

［2］郑振铎译诗:"我们将有一天会明白,死永远不能够夺去我们的灵魂所获得的东西。因为她所获得的,和她自己是一体。"

第 313 首

天神共我入黄昏，携带花枝走镇村。
借助微光舒眼看，花苞属我保鲜存。

【李贵耘笺注】

[1]泰戈尔原诗："God comes to me in the dusk of my evening with the flowers from my past kept fresh in his basket."

[2]郑振铎译诗："神在我的黄昏的微光中，带着花到我这里来。这些花都是我过去的，在他的花篮中还保存得很新鲜。"

第 314 首

琴弦我辈试谐和，天主前来演奏多。
发出声音新乐曲，蕴藏深爱有生歌。

【李贵耘笺注】

[1]泰戈尔原诗："When all the strings of my life will be tuned, my Master, then at every touch of thine will come out the music of love."

[2]郑振铎译诗："主呀，当我的生之琴弦都已调得谐和时，你的手的一弹一奏，都可以发出爱的乐声来。"

第 315 首

渴望人生实在谋，今希真主减心忧。
死亡对我行程断，不达目标誓不休。

【李贵耘笺注】

[1] 泰戈尔原诗："Let me live truly, my Lord, so that death to me become true."

[2] 郑振铎译诗："让我真真实实地活着吧，我的上帝。这样，死对于我也就成了真实的了。"

第 316 首

天难辜负苦人生，有志坚持事竟成。
历史艰辛凭忍耐，能湔耻辱胜愚氓。

【李贵耘笺注】

[1] 泰戈尔原诗："Man's history is waiting in patience for the triumph of the insulted man."

[2] 郑振铎译诗："人类的历史在很忍耐地等待着被侮辱者的胜利。"

第 317 首

此刻承君射眼光,温馨照在我心房。

犹如晓日辉沉默,洒落秋收沃野茫。

【李贵耘笺注】

[1] 泰戈尔原诗:"I feel thy gaze upon my heart this moment like the sunny silence of the morning upon the lonely field whose harvest is over."

[2] 郑振铎译诗:"我这一刻感到你的眼光正落在我的心上,像那早晨阳光中的沉默落在已收获的孤寂的田野上一样。"

第 318 首

无边大海起狂风,汹涌波涛拍碧空。

巨大航船如跳舞,我心渴望鸟歌隆。

【李贵耘笺注】

[1] 泰戈尔原诗:"I long for the Island of Songs across this heaving Sea of Shouts."

[2] 郑振铎译诗:"在这喧哗的波涛起伏的海中,我渴望着咏歌之鸟。"

第 319 首

夜中序曲始残阳,浴海西边乐鼓锵。

黑暗形容虽困难,庄严礼赞颂歌扬。

【李贵耘笺注】

[1]泰戈尔原诗:"The prelude of the night is commenced in the music of the sunset, in its solemn hymn to the ineffable dark."

[2]郑振铎译诗:"夜的序曲是开始于夕阳西下的音乐,开始于它对难以形容的黑暗所作的庄严的赞歌。"

第 320 首

攀登荣誉荒芜处,难找遮身避所愁。

趁有阳光山谷引,成功智慧一生收。

【李贵耘笺注】

[1]泰戈尔原诗:"I have scaled the peak and found no shelter in fame's bleak and barren height. Lead me, my Guide, before the light fades, into the valley of quiet where life's harvest mellows into golden wisdom."

[2]郑振铎译诗:"我攀登上高峰,发现在名誉的荒芜不毛的高处,简直找不到一个遮身之地。我的引导者呵,领导着我在光明逝去之前,进到沉静的山谷里去吧。在那里,一生的收获将会成熟为黄金的智慧。"

第 321 首

朦胧暮色月星黄,树顶模糊古塔僵。
我等黎明先睡觉,醒来城市沐朝阳。

【李贵耕笺注】

[1] 泰戈尔原诗:"Things look phantastic in this dimness of the dusk——the spires whose bases are lost in the dark and tree tops like blots of ink. I shall wait for the morning and wake up to see thy city in the light."

[2] 郑振铎译诗:"在这个黄昏的朦胧里,好些东西看来都仿佛是幻象一般——尖塔的底层在黑暗里消失了,树顶像是墨水的模糊的斑点似的。我将等待着黎明,而当我醒来的时候,就会看到在光明里的您的城市。"

第 322 首

曾经受苦意迷茫,体会人亡感触伤。
温饱于今逢盛世,乐心知足度时光。

【李贵耕笺注】

[1] 泰戈尔原诗:"I have suffered and despaired and known death and I am glad that I am in this great world."

[2] 郑振铎译诗:"我曾经受苦过,曾经失望过,曾经体会过'死亡',于是我以我在这伟大的世界里为乐。"

[3]足：古读仄声，今读平声。

第 323 首

贫穷沉默偶同存，日子繁忙转陋村。
空气阳光来旷野，高低不看送熙温。

【李贵耘笺注】

[1]泰戈尔原诗："There are tracts in my life that are bare and silent. They are the open spaces where my busy days had their light and air."

[2]郑振铎译诗："在我的一生里，也有贫乏和沉默的地域。它们是我忙碌的日子得到日光与空气的几片空旷之地。"

[3]熙：xī，本义是曝晒，晒太阳。这里指熙和明亮。《文选·卢谌·赠刘琨》："仰熙丹崖，俯澡绿水。"唐·韦应物《扈亭西陂燕赏》："群山霭遐瞩，绿野布熙阳。"

第 324 首

任务未完成过去，婴缠身体动艰难，
从今死去都无法，此处祈求释放安。

【李贵耘笺注】

[1]泰戈尔原诗："Release me from my unfulfilled past clinging to me from behind making death difficult."

《飞鸟集》汉译七言诗

[2]郑振铎译诗:"我的未完成的过去,从后边缠绕到我身上,使我难于死去。请从它那里释放了我吧。"

第 325 首

人间确有爱情真,携手同游感触亲。
薄酒三杯为钱别,依依不舍约明春。

【李贵耘笺注】

[1]泰戈尔原诗:"Let this be my last word, that I trust thy love."
[2]郑振铎译诗:"'我相信你的爱。'让这句话做我的最后的话。"

跋一　飞鸟灵思触心弦

胡少瞻

> 成功的花，
> 人们只惊美她现时的明艳！
> 然而当初她的芽儿，
> 浸透了奋斗的泪泉，
> 洒遍了牺牲的血雨。

　　这是我在上高中时，阅读现代作家冰心的《繁星·春水》记忆深刻的一首短诗。它表达的意思是：漂亮的花，人们都只是惊叹、羡慕她开花时的美丽，并没有意识到她还在芽儿的时候，经历了多少艰苦的奋斗和巨大的牺牲。这首短诗激励我在中学阶段自觉勤奋苦读，并且针对自己的特长和弱点，选择专业，走入了大学校门。现在我又可以根据自己的理想和四年后找工作的现实，增选两个专业，同时攻读学位。

　　到了大学，我才知道《繁星·春水》是冰心年轻时学习那种自由诗的创作方法，平时随便记下的感想和回忆。后来，冰心受到泰戈尔《飞鸟集》的启发，觉得自己那些三言两语的小杂感里也有着诗的因子，后来越写越多，这才整理起来，而成为两本小诗集。因此，我到大学图书馆，利用周末，将冰心《繁星·春水》通读了一遍。我又找出泰戈尔的《飞鸟集》，利用两个周末，认真读了两遍。这是泰戈尔在52岁发表的作品，也是他极为优秀和经典的作品之一。诗集中的这些小诗，像肥沃山坡上的丛丛小花，在曙光晨雾中，带着

《飞鸟集》汉译七言诗

珠珠朝露,伸出头来,似乎想打探什么,寻找什么,那多彩的颜色,多情的香味,逗人喜欢。又像河边的鹅卵石,圆的,扁的,大的,小的,每一个都有自己的特色,拥有一个自己的天地;它们虽然是零散的,短小的,但内容非常丰富,意义相当深刻。难怪冰心读了《飞鸟集》之后,持续激发了灵感,在一段时间里,创作和整理出了《繁星·春水》。

今年11月初,大伯发微信给我,告诉我湘平堂哥将印度诗人泰戈尔《飞鸟集》翻译成了七言诗,要我写一篇跋语,内容不限,可以随意写。我当时感到非常吃惊。虽然我知道湘平堂哥在大学一年级时就通过了英语四级、六级考试,之后英语学习未曾停止,大学四年级参加过八级考试,虽然没有通过,足见他的英语水平不低。现在他在国外工作,英语正好学以致用。但要用中国古典诗词翻译泰戈尔《飞鸟集》,我想难度非常大。当我利用课余时间,逐步将集中翻译的325首诗读完之后,感觉湘平堂哥的翻译稿行文飘逸,精气神连贯,顺理成章,毫无滞阻感。下面试举几个例子说明。

先读第001首,原诗的大意是:夏天的鸟儿,飞到我的窗前唱了首歌,又展翅飞走了。但秋天的黄叶,默默无声,似乎只有叹息,离开树枝,掉落地面。湘平堂哥造就夏鸟歌完返回树林和秋天落叶归根两景,均采用拟人手法,清新明快,对比强烈,一气呵成。译诗是:

  翩翩夏鸟到窗前,数曲清歌返大千。

  唯有秋天黄叶苦,一声哀叹落根边。

再读第109首,原诗的大意是:我投射自己的影子到我行走的道路上,一点也不担心,因为我有一盏还没有点燃起来的明灯。在这首译诗中所设的景使用了夸张手法,前景适可而止,后景夸张到极致,皆人人心中有,他人笔下无。译诗是:

  自行投射影长长,不碍前途踏雪霜。

  若遇乌云遮宇宙,点燃已备小灯光。

我读了湘平堂哥翻译的诗句后,发现我对《飞鸟集》有了更深刻的理解,开始有了些思考。我感觉出这些诗有很神奇的功能,它不仅能激励我上进,还能在我消极沮丧之时像一曲美妙的乐曲深入我的心灵,使褊狭的心胸宽阔起来,使浮躁的心灵安静下来。我原来跟随时尚,常哼着流行的歌曲,买着新颖

跋一　飞鸟灵思触心弦

的文具，自认为充满乐趣。但是，我读完泰戈尔《飞鸟集》英文版、郑振铎译诗和湘平堂哥翻译的七言诗后，我不再这么想了。我认为文学和时尚是一对反义词，时尚在此岸，文学就在彼岸；时尚是波光，文学是河床；时尚也许可以在一瞬间让你感到高兴，文学却可以在你掩卷闭目后怦然心动。

在这本《飞鸟集》中，有描写一片美景的，有描写一段话的，还有凭着对生活的感悟写出的警世格言。在湘平堂哥所翻译的诗中，第016首是这样写的：

今晨静坐靠窗棂，世界悄观似路人。

小憩悠悠心不躁，点头续走迹常新。

我认为它是要告诉我们要好好珍惜时间，时光一去不复返。这些诗句不但能在我们生活中起到警示作用，时时刻刻激励着我们要不断努力和进取。在宝贵的时间里，我们高效利用时间去学习和工作，因为"现在"很快会变成"历史"，我没有任何骄傲的资本，即使我有一点成绩也很快会成为过去，不足挂齿。逝者如斯夫，就像川流不息的河流一样，当我想要抓住它的时候，它却从我的指缝中迅速流失了，所以想要保留时间是不可能的。只有去争取时间，挤出时间，利用时间，努力奋斗，那才是最重要的。

泰戈尔的《飞鸟集》内容丰富多彩，像珍珠一样闪烁着哲理的光芒，唤起人们对自然的一切美好事物保持爱心，启示着人们执着于现实人生的理想与追求。但我更加佩服湘平堂哥，因为他能在业余时间里，把泰戈尔的《飞鸟集》译成七言诗并且还译得这么好。仔细一想那得下多少工夫啊！俗话说得好："台上一分钟，台下十年功。"所以我要向他学习，努力成为像哥哥那样优秀的人。

在湘平堂哥的译诗中，我最喜欢的是第228首：

遇事艰难负气差，于身无补恨磨牙。

猛然脚踢无轻重，扬起尘埃泪似麻。

是啊！在泥土上踢一脚，只能够使地上扬起沙土，却不能够从泥土当中得到收获。如果我们学习知识每次都只在表面上学习一点，而不去汲收真正有用的东西，当堆积起来时，对我们终究没有多大用处。但是如果我们每次都去学那些最重要的知识，学到的东西就像金字塔一样，可以一层一层地累积起来，尤其是要学以致用，那我们遇到问题时，就能做到厚积薄发，解决现实中遇到的难题。举一个例子：我现在上大一，老师要求让我们尝试着写教案和论文，他说，这样早早地让你们写是对你们有帮助的，当你们面对毕业要求写论文的时候就不会无所适从了。当然老师说得一点都没有错，但是同学们各有不同的想法，有愿意自己努力思考并仔细写作的人；也有人认为离毕业还有三年多不必急于去做这事，再玩两年也不迟，到了要求交作业的时候就抄袭别人的，然后交上去。可是这样有用吗？真正到了毕业的时候那些认认真真做准备的同学可以很顺利地通过毕业论文答辩，通过英语四级、六级考试，并拿到毕业证和学位证，而那些不肯下工夫经常抄袭别人的同学可能就无从下手，也可能降级重修专业，延期毕业了。所以我明白了一个道理：我得养成靠自己解决问题的好习惯，养成临危不惧、冷静思考和坚持不懈的好品质。还有我们不能只看重表面，而要从心底去学习去感悟，做任何事情都不能心烦意乱，不能敷衍了事。

　　湘平堂哥是一位勤奋工作的人，而在业余时间里又是一位勤奋创作的人。他大学毕业才两年多，就出版了两本著作，其中的古典诗词集《丝路雅韵》，我已经认真读过两遍了。我认为他很善于观察、发现和思考。这本翻译著作预计明年出版。他想到了用七言诗来翻译这本《飞鸟集》，用我国高度凝练、意象丛生的古典诗词形式来翻译泰戈尔的名著，确实是一个大胆的尝试。正因为如此，有好几位名家主动为他作序。我非常敬佩湘平堂哥，我也下定决心努力成为像他一样优秀的人，给自己定下目标。每当我被困难打趴下时，我就会想到他比我所遇到的困难和挫折多得多！可是他不也还是拿起手中的笔，奋笔疾书吗？我这点困难算得了啥，相反我还得感激遇到这些困难，让我在挫折的环境下思考和成长。

　　我想借泰戈尔的一句诗作为我的结束语：

　　"只有经历过地狱般的磨炼，才能炼就创造天堂的力量。只有流过血的手指，才能弹出世间的绝响。"

　　勤奋是走向成功的唯一途径，没有它，天才也会变成呆子。成功＝艰苦劳动＋正确方法＋少说空话。世界上最美好的东西，都是由劳动、由勤快的双手创造出来的。勤奋的劳作，可以获得丰硕的成果。我为湘平堂哥加油，祝愿他创作出更多更好的文学作品。我也为自己加油吧,向湘平堂哥学习,朝着自己的目标奋斗。

2018 年 12 月 10 日于宁夏北方民族大学

胡少瞻,男,2001 年 2 月 9 日(农历正月十七日)出生于益阳市赫山区,湖南省新化县荣华乡新安村人。17 岁,现为北方民族大学体育学院教育学专业 2018 级 182 班学生。已发表散文 2 篇,申报国家发明和实用新型专利 4 项,获得国家知识产权局授权实用新型专利 2 项:《一种仰拱浇筑混凝土品字象鼻式导流装置》(专利号 ZL201821710057.0,独著)、《一种长钢轨一次推送入槽铺设施工用导运辊筒》(专利号 ZL201821421895.6,第一作者)。

跋二 "可能"只属耕耘者

张雨潇

进入期末考试时段，一日，忽然收到大舅发来的信息，要我给湘平表哥的新著《泰戈尔〈飞鸟集〉汉译七言诗》写一篇序言或跋语，我感到十分惊诧：一是湘平表哥刚有一本诗词集《丝路雅韵》由天津人民出版社出版，那是以古今丝绸之路为主要题材的古体诗词；二是用七言诗翻译印度著名诗人泰戈尔的名著《飞鸟集》，其难度可想而知。

拉宾德拉纳特·泰戈尔是印度最著名的诗人、文学家、哲学家和社会活动家，他的作品对爱国主义、生死、恶善等主题都有深层次的诠释。我向来不爱静下心去品读那些晦涩难懂的诗歌，从小到大，读过的诗词基本上都在中学语文教材里和课堂上，家中的唐诗宋词等书籍都早已落了灰尘，实在是惭愧。而表哥不仅爱读诗、爱写诗，现在更是用对诗词的热爱，以独特的七言诗形式翻译了自己最喜欢的泰戈尔诗集，完全不同于郑振铎、冰心等名家的散文诗翻译。表哥选择将其翻译成难度极大的七言诗，这不仅需要对英文原诗、名家翻译的散文诗均有深入的研究，更需要有极强的旧体诗词的创作能力。表哥使用的七言诗，每一首均是四句 28 字。而读过《飞鸟集》原著或是散文诗翻译就能发现，泰戈尔的诗大多偏向格言化或者警句化，没有明显的格律限制。郑振铎翻译成的散文诗忠实原著，精准得当，没有格律，追求平淡的自由诗意。湘平表哥则在忠实原著的基础上，尝试用中国传统诗歌进行另一种方式的翻译，让我敬佩。

诗人对客观世界、对社会生活的把握和表现向来是情感式的，在时甚至是暴风骤雨式的。简单说，写诗就是由此及彼、由表及里进行诗意化的抒情。泰戈尔一生关注自然、人性及精神理想的构建，心系现实中的农村改造、教育改革、政治前景。泰戈尔在名著《飞鸟集》的第 108 首是这样写的："God is ashamed when the prosperous boasts of his special favour."

郑振铎散文诗汉译是："当富贵利达的人夸说他得到神的特别恩惠时，上帝却羞了。"

这句简单的话鼓励人们通过自己的智慧和努力获得财富。湘平表哥的七言诗翻译是：

人生富贵运三分，尚有七分仗苦勤。

倘自谦言神暗助，通天上帝觉羞闻。

"人生富贵运三分，尚有七分仗苦勤"，表达的含义则更直抒胸臆，感情更加强烈，并蕴含哲理。"三分天注定，七分靠打拼"，如此的结合实在是极好。

在《飞鸟集》第 75 首中，湘平表哥以"世界常新奥妙遗，江山有待探神奇。探来错误生埋怨，反究天神设局欺。"巧妙地翻译了原诗："We read the world wrong and say that it deceives us."（我们把世界看错了，反说它欺骗我们。）

中国古典诗歌主要是通过创造意象和意境来传达思想感情的。湘平表哥在翻译中大量创造丰富多彩的意象和恰到好处的意境来抒情。如在第 4 首中以月季花象征着青春不谢：

露珠滚滚皆晨泪，滋润人间月季花。

寒暑清香如少女，青春不谢举红霞。

在第 23 首中，泰戈尔原诗是："We, the rustling leaves, have a voice that answers the storms, but who are you so silent? I am a mere flower." 表哥翻译为：

睡叶因风扯醒惊，匆匆雨至点头迎。

孤花默立山溪畔，满腹伤心热泪盈。

这首七言诗中"睡叶""点头迎"十分生动地表达出了原诗中"萧萧的树叶都有声响回应那风和雨"，语言充满想象，活泼有趣。

译诗中还有一个鲜明的特色，就是用典的次数很多，既不艰深晦涩，又能表达诗意。例如，第 18 首泰戈尔写道："What you are you do not see, what you see is your shadow." 郑振铎翻译："你看不见你自己，你所看见的只是你的影子。"表哥的翻译是：

不见人人己脸盘，身前影子任由看。

平生若许求端正，三镜时常比对观。

诗中表哥妙用古时"三镜"这一典故来表达诗意，正确认识自己，规范自己的行为。

我也将以表哥作为榜样和目标，继续努力阅读古今中外文学名著，业余时间努力写作，提高自己的文学修养。

"'可能'问'不可能'道：'你住在什么地方？'它回答道：'在那无能者梦境中。'"这是泰戈尔《飞鸟集》第 129 首的内容："Asks the Possible to the Impossible, Where is your dwelling-place? In the dreams of the impotent, comes the answer."湘平表哥的汉译七言诗，已经将"不可能"变成了"可能"，从正文前面几位名家的序言来看，他获得了巨大的成功。我作为读者中的一员，深深地感受到这与表哥的聪明才智和勤奋努力息息相关。"不可能"常在无能者的梦境里，而"可能"却存在于那耕耘者的汗水中！

2019 年 1 月 31 日于湖南·娄底

张雨潇，女，2001 年 1 月 11 日（二〇〇〇年农历十二月十七日）出生，湖南省新化县荣华乡大乐村人。现年 18 岁，为石家庄铁道大学工商管理专业大一学生。2016 年 5 月在中国青少年英语能力大赛初赛中荣获湖南赛区高中组二等奖。在《学园》杂志和《课程教育研究》杂志上分别发表论文《浅论如何学好英语》和《高中英语学习之我见》。业余时间喜欢阅读古今中外文学名著，喜欢写些短诗、散文、杂文、读书笔记等，2016 年 4 月 6 日在《沈阳铁道报》发表散文《千里承恩受教多》，该文作为跋四载入同年 5 月中国文联出版社出版的诗词集《萍踪留影》。2017 年 5 月散文《亲爱的三毛》在中国少年儿童新闻出版总社、中国当代文学研究会、中学生杂志社联合举办的第十五届"叶圣陶杯"全国中学生新作文大赛中荣获优胜奖。申报国家专利4项，其中发明专利《铁路桥限高防护架基础的二次浇筑成型方法》（专利号ZL201711314377.4，第三作者）和实用新型专利《一种发电机启动钥匙保护装置》（专利号ZL201820496319.1，第四作者）分别获得国家知识产权局授权。

跋三　诗哲光辉照吾华

赵婷婷

　　我在中铁十八局集团建安公司机关助勤期间，张馨叔叔将湘平哥的翻译诗稿《泰戈尔〈飞鸟集〉汉译七言诗》发给了我，并嘱我写一篇文章。他嘱咐我，文章内容可以随便写，无论是对《飞鸟集》的研读心得，还是对郑振铎翻译版本的理解，或者对湘平哥的译著评价都可以。然而作为一个走出大学校门参加工作才一年的部员，虽然所学专业是法律文科方向，平时却缺乏对中外文学名著，特别是古体诗词之类书籍的阅读，也很少真正动笔进行文学创作，因此这项任务对我来说无疑算得上是一项挑战了。最后在张叔叔的鼓励下，我也想尝试一下，"逼迫"自己一把，看看自己能做到什么程度。

　　由于以前只是听说过泰戈尔之大名及其《飞鸟集》的诗名，但是并没有真正地阅读过，所以我决定先从了解《飞鸟集》入手。当我利用周末业余时间真正静下心来阅读的过程中，不由惊叹诗中文字的美妙。例如第 82 首："Let life be beautiful like summer flowers and death like autumn leaves." 汉语的意思是："生如夏花之绚烂，死如秋叶之静美。"又如第 75 首："We read the world wrong and say that it deceives us." 汉语的意思是："我们把世界看错了，反说它欺骗我们。"

　　《飞鸟集》是印度著名诗人、作家及哲学家泰戈尔的代表作，由 300 多首简短精练的小诗组成，文辞清丽，感情真挚细腻，修辞多样且意蕴深远，是泰戈尔思想的精华，具有很高的艺术价值。每首诗看似描写花草鱼虫、江河湖海等对于生活中自然景观的捕捉，实则或多或少通过这些自然景物隐喻深刻的人生哲理。

在《飞鸟集》中，我感受到的更多是泰戈尔对生活的热爱以及对爱的深刻思索。他用自己对生活的热爱，巧妙地隐藏了一些苦难与黑暗，将所剩的光明与微笑毫无保留地献给了读者。他对爱的深刻思索，更是涵盖了多个方面，包括青年男女间纯真的爱情、母亲对孩子永存的慈爱、人与自然间难以言喻的博爱。尤其是对于高尚纯洁的爱情，泰戈尔毫不吝啬地运用了大量的修辞手法来赞美它的美好与伟大。在他的眼中，世界需要爱，人生更需要爱。正如他在《飞鸟集》中所写的一样："Let this be my last word, that I trust thy love."（我相信你的爱，就让这作为我最后的话吧。）

《飞鸟集》至今已有多种汉译本，其中以郑振铎先生的翻译本流传最广。郑振铎先生采用直译的方法，保留了原作的表达方式，忠实于原作的信息量，尽量做到不增译，不漏译，更好地适应我国读者的需求。

有诗人认为："郑振铎的译诗在整体语言的准确性上把握得很好，郑先生追求的是翻译的精准和文字的优美，他的译本至今可以说难有超越者。但也存在个别不足，比如译文不押韵，更像散文，这也许是郑振铎先生追求语言的美感和画面感的一种探索。但和我国古代诗词相比较，也缺少了诗词所蕴含的独特韵味。"湘平哥汉译七言诗，是从这个方面进行的又一种探索。他选择将《飞鸟集》改译成一首首七言诗，这也让我对湘平哥的著作产生了浓厚的阅读兴趣。

湘平哥是如此的优秀，我也将继续阅读国内外的文学名著与诗词歌赋。利用工作闲暇时间，不断地提高自己的文学修养，以湘平哥作为楷模，努力前行，成为一个更好的自己。

泰戈尔是世界文明古国印度恒河边上的一位诗哲，是亚洲第一位诺贝尔文学奖获得者，他在文学、哲学、绘画等多方面取得了举世瞩目的成就。他曾于1924年4月12日至5月29日、1929年3月两次来到中国。尤其是第一次到中国，足迹遍布大江南北，与中国文艺界人士进行了广泛的交流。在反对帝国主义瓜分中国的痛苦时代，他勇敢地站在中国人民这一边，强烈谴责帝国主义的滔天罪行，坚定不移地支持中国的抗日战争。他的思想光辉照耀着全世界，当然也光耀了中国，我们都是受益者。因此，我这篇文章的题目是《诗哲光辉照吾华》。正因为如此，最后，我仍用泰戈尔的一句话作为结尾，不仅是对自己的勉励，也希望所有人都可以用微笑来面对生活：

"Never frown, even when you are sad, because you never know who is falling in love with your smile."（汉语意思是："纵然伤心，也不要愁眉不展，因为你不知是谁会爱上你的笑容。"）

2019 年 3 月 31 日于中铁十八局集团建安公司

赵婷婷，女，1994 年 3 月 5 日（农历正月廿十四）出生，安徽省滁州市来安县人。2017 年 7 月于西南交通大学公共管理与政法学院法律专业毕业，获学士学位。现年 25 岁，为中铁十八局集团建安公司遵化项目部员工。2016 年在校与同学合作完成本科生科研训练计划 SRTP 项目《互联网背景下微商中存在的法律漏洞及对策》专题研究，并在《职工法律天地》发表论文《互联网背景下微商的法律漏洞及对策研究》等。参加工作后，喜欢写些诗歌、散文等。

跋四　我与泰翁结缘久

张湘平

记得初中时期，我学习了一篇出自《飞鸟集》的文章，当时感觉像推开了一扇崭新的大门，自那时起我对这位来过中国的印度白髯翁作家就觉得倍感亲切，从此与泰翁结下了深远的情缘。仔细想来《飞鸟集》便是我读外国文学的启蒙诗集吧。

年少时，在品读中感觉《飞鸟集》不同于那些阳光中带着忧伤和彷徨的青春故事，也有别于华丽中透着沧桑的古老爱情。泰戈尔的文字有一种独特的魅力，读这些小诗，仿佛在暴雨后初夏的早晨，推开关闭了一夜的窗户，看到一个清新亮丽的世界。

325首清丽的小诗，取材不外乎小草、流萤、落叶、飞鸟、山川、河流，还有生死、幻象、天神等，然而，泰戈尔将自然世界中的一切拟人化，并赋予他们灵性。世界是人性化的，自然也是人性化的，于是无数思绪掠过我的心头，仿佛成群的野鸟飞过广阔的天空，我听到了他们振翅高飞的声音。

那时候，从他的诗文中便可以隐约体会出他的灵感来源于生活，且高于生活。泰戈尔热爱生活，因此也隐去了生活中的苦难与阴暗，保留的是光明与欢乐。他捕捉了大量关于自然界和复杂社会的灵感。他说天空的黄昏像一盏灯，说微风中的树叶像思绪的断片，他让鸟儿和云对话，让花儿和太阳对话……

他的诗文中一字一句都蕴含着哲理，诸如"使生如夏花之绚烂，死如秋叶之静美"。他道出了人性的价值。他反省自我，谦虚谨慎。他耐心追求，无怨无悔。"光阴如一个裸体的孩子，快快活活地在绿叶当中游戏。它不知道人是会欺诈的。"光阴确实是不知道人是会欺诈的,只知道把自己照在树林中,让大家生长。"如果你因为失去了太阳而流泪,那么你也将失去群星了。"这些诗句都是浓缩的智慧和真理。如果有了悲伤的事,要尽快走出来,要不然就会再一次悲伤。我们可能会考试成绩不佳,可能和同学产生误会……人生不如意事十之八九。当烦恼来临时,把它看得轻一点,淡一点,退一步就会发现世界其实很美好。

中学时品读《飞鸟集》,我感受到的是一种在俗世中脱胎换骨的超然,庆幸自己在喧闹的城市中寻找到一角宁静。飞鸟带给我的,是一场心灵的洗礼,是一种爱与美交织的智慧,是一个真实而清新亮丽的梦。

当飞鸟遇上我的心,我学会了爱。爱自己,是一切爱的前提。我很高兴生活在这个伟大的世界里。谁不曾苦恼过?在失落与苦痛中,正如泰戈尔选择了爱,爱自己的生命。

年华如潮水般推着我涌上远方的堤岸。我知道,有一天,我也会一点一点地老去,于是,我越发珍惜生命。是飞鸟,让我明白爱就是充实的生命,一如盛满了酒的高脚杯。这时我才发现,每个角落,都有爱,有美,还有平凡的感动。当烦恼来临时,把它看得轻一点,淡一点,一切都好。何必要顽固地令自己沉沦在苦痛里头呢?风也没动,帆也没动,美也好,丑也罢,能活着本来就是一种幸福,何必庸人自扰。

当飞鸟触摸我的心,我学会了爱。爱他人,更是幸福的延续。

我喜欢《飞鸟集》中的大树,因为,樵夫用斧头向大树乞求斧柄。大树给了他。我欣赏《飞鸟集》中的太阳,太阳穿上朴素的光之衣,云朵却披上了绚丽的衣服。我赞美《飞鸟集》中的泥土,因为泥土饱受人侮辱,却以花朵为回报。这一切一切都是爱,对他人的爱。它们是那么地无私,却又那么地真实存在。

泰戈尔给我们带来了这 300 余首清新的小诗,让我们获得一道道曙光。正因为他的飞鸟,我敬佩大树,歌颂太阳,认同泥土。人与人之间每多一份爱,心与心的距离就近了几分。我想,到我垂垂老去的某一天,我会自豪地说:我曾经爱过这个世界。

当飞鸟轻敲我的心弦,我学会了爱。爱大千世界,那是幸福的最高点。

跋四　我与泰翁结缘久

　　我热爱这个世界，才生活在这个世上。博爱是一种心灵的寄托，有了这样的精神支柱，当你没胃口时，就不会抱怨食物。世界是可爱的，在我们失意时，请别抱怨，请学会宽容，试着用心去亲吻我们的世界。

　　泰戈尔的爱就像海波一样荡漾开来，遍及全世界。我的思想随着这些闪亮的绿叶而闪耀着；我的心伴着阳光的抚摸而欢唱；我的生命因与万物一同遨游在湛蓝的天空，时间在墨黑中而感到欢喜。绿叶，阳光，生命的万物，为我们营造了一个美得无法言喻的世界；泰戈尔与飞鸟为我们提醒幸福，歌颂美妙，我们还有什么理由不爱生命，不爱世界？

　　生活的苦恼，冲不去我对爱的追求；城市的喧闹，淹不掉我对爱的赞美。岁月的沧桑，或许会吞噬我的青春，但我心中的爱永远不会老去。正如《飞鸟集》的结束语：我相信你的爱。

　　天空没有留下痕迹，但我已经飞过。我也愿做一个这样来无影、去无踪的飞鸟，不求在这里带来我的影响，只求用我的爱，留下我成长的气息。

　　多读几遍《飞鸟集》，伴随着人生阅历的增多，站的角度和高度不一样，经历的不同，有时一句话能读出许多意味。参加工作以后我再读《飞鸟集》，便可以在其中悟到如何做人做事。有人看这本书只是消遣，有人却会细细体会。"不要因为你自己没有胃口而去责备你的食物。"这写的不正是没有道德的人做错了事还怪别人有错吗？我们应该勇于认错并承担相应的责任，胸怀宽广，不断进步。当我们大为谦卑的时候，便是我们最接近伟大的时候。谦虚使人进步，骄傲使人落后。如果我们学会了谦虚，那么就离成功不远了。

　　《飞鸟集》带给我的感受是一种对生活的热爱、对爱进一步的思索。泰戈尔都是用简短的几行字对诸如母子之间永恒的亲情、朋友之间真挚的友情、人与自然间难以言喻的爱做出了隽永的诠释，美好而浪漫，深沉而伟大。在泰戈尔眼中，世界需要爱，人生更需要爱，正如他在《飞鸟集》中所写的一样："'我相信你的爱。'就让这句话作为我最后的话。"

　　读泰戈尔的作品，也能感受到一种振奋人心和进取奋斗的精神鼓舞。他的诗所包含的思想内容是多方面的，但是，其中包含的精深博大的人生哲理启示，则是他的诗的主要特征。在他的诗歌创作中，他以一颗赤子之心，讴歌了对这个世界的真挚的爱，抒发出对整个大自然，整个人类，以及整个宇宙间的美好事物的赞颂。他的诗像珍珠一般闪耀着深邃的哲理光芒，不仅唤起人们对大自然、对人类、对世界上一切美好事物的爱心，而且也启示着人们如何执着于现实人生的理想追求，让整个人生充满欢乐与光明。

  品读《飞鸟集》是一种享受美的过程。宛如品味一杯香茗，它散发着缕缕热气，如烟如雾，仿佛置身美好的幻想世界。一切都活脱脱的，栩栩如生地展现在眼前。这里是一片净土，翻阅着泰戈尔的文字，心中顿时豁然开朗。他用自己独特的语言魅力装饰着这片土地，点缀着这个世界，清新的风格和朦胧的哲学思想更为它添了几分神韵。

  正是因为多次品读让我产生了想尝试翻译这部《飞鸟集》的想法，我希望借此机会和这位和蔼的文豪有超脱于时空的亲密接触，在尝试翻译中设身处地体会这位文豪的所思所想，追思探寻他的脚步，奢望可以探寻出诗中三昧，启迪自身。

  在翻译途中磕磕绊绊，当走到死胡同时，万幸我父母亲坚决支持我，并给了我很多启迪和鼓励，例如，泰戈尔哲理诗有时只有一句话，很难翻译，就要营造一种意境，将哲理化为情景说话，在忠实原著的前提下，适当想象，问题就迎刃而解了。因此，我感恩长辈的帮扶。正是因为有了他们我才能坚持下来，走完了这次探秘之旅，而这也将成为一次灵魂的洗礼，积累了不少经验，经久难忘。

2019 年 2 月 20 日于卡塔尔项目部

跋五　飞鸟集译著阅读

张艺心

又一次有幸为小弟湘平写跋，才突然发现自己上次写文章好像还是为他的诗词集《丝路雅韵》写跋的时候呢。哎呀，该说些什么才好呢？对写作真是荒废很久了，可不可以给自己找一个好的理由推脱一下呢？是因为工作忙没时间，还是没有思路、头脑空空？曾经也随手写过一首两首打油诗，或许还算不得是新诗、散文诗吧。说真的，已经有两年多没有动笔正式写过文章了。虽然我目前笔头很枯涩了，但是我和小弟的情谊是无人可以替代的，无论多么厉害的文笔也无法描述。

我很喜欢阅读现代新诗，例如冰心、徐志摩、海子的诗，也很喜欢泰戈尔写的诗，他的诗具有浪漫情怀、深刻的寓意、跳跃的思绪，喜欢他的诗集《吉檀迦利》《新月集》等，不过阅读的都是译著。他的《飞鸟集》是一种思想的升华，介绍到中国后，中国诗坛上开始出现随感式的哲理短诗。我自己也有时候会随感而发写点打油诗或是不成型的散文诗。当我读完小弟用七言诗翻译完成泰戈尔的《飞鸟集》时，让我惊呆了。我知道小弟从小英语语感就特别好，上大学一年级英语就过了六级。毕业以后就去国外工作了三年，他的英语水平尤其是口语又得到了更进一步的锻炼、提高。当我看到他用七言诗翻译的《飞鸟集》，我真的是觉得他太厉害了。他把中文和英文语言领悟到了一定的境界了，这要精通汉语的旧体诗词和精通英语的哲理诗相结合才能做到，我越来越佩服他了。

我和小弟是同一个星座，我们从小追求的基本一样，我们都是追求完美主义者，我们还是浪漫主义者。所以我特别喜欢看小弟写的文章，看后给我的感觉特别美好。就像他翻译的第 88 首：

泰戈尔原诗："You are the big drop of dew under the lotus leaf, I am the smaller one on its upper side, said the dew drop to the lake."

郑振铎翻译的散文诗："露珠对湖水说道：你是在荷叶下面的大露珠，我是在荷叶上面的较小的露珠。"

小弟形象化的译诗是：

露凝荷叶心中宝，旭日温情照看殊。

高位谦虚频下顾，叶遮湖水大珍珠。

对着想象，在温情的旭日照耀下，露水凝成露珠，虽在荷叶上，站在高位，但它很谦虚，称湖水是大珍珠。形象更加突出，意象更加丰富，还增加了绝句的韵味。

再看第 116 首：

泰戈尔原诗："The earth hums to me today in the sun, like a woman at her spinning, some ballad of the ancient time in a forgotten tongue."

郑振铎翻译的散文诗："今天大地在太阳光里向我营营哼鸣，像一个织着布的妇人，用一种已经被忘却的语言，哼着一些古代的歌曲。"

小弟翻译的诗句是：

普照阳光大地柔，犹如织布妇人悠。

语言忘却今思用，哼着歌声古味稠。

这首小诗经过翻译，形象更加鲜明，印象更加深刻，并且更好记忆背诵。

泰戈尔名著《飞鸟集》共 325 首清丽的小诗，其题材基本不外乎花草、树木、流萤、落叶、飞鸟、山水、溪流，泰戈尔借着这些自然景物用轻松的语句道出深刻的哲理。泰戈尔的诗歌里可以随处感受到最崇高、最纯洁的爱。而我和小弟均热爱大自然，也喜欢借自然景物来抒发情感。所以，他用幽默风趣富有哲理的意境翻译出来的泰戈尔短诗《飞鸟集》，读起来给人一种轻松舒适的感觉，亲近大自然，身临其美境，能悟出一些哲理来。

我们来读第 136 首：

泰戈尔原诗："Storm of midnight, like a giant child awakened in the untimely dark,has begun to play and shout."

郑振铎翻译的散文诗:"子夜的风雨,如一个巨大的孩子,在不合时宜的黑夜里醒来,开始游嬉和喧闹。"

小弟翻译的诗句是:

夏天人困睡眠酣,子夜风携暴雨探。

恰似群孩深夜醒,嬉游喧闹使人烦。

风雨在子夜里所有人酣睡时,如小孩开始游嬉和喧闹,不合时宜,肯定使人烦恼。读了这首诗,还有谁对夏夜暴雨不印象深刻?

第 232 首:

泰戈尔原诗:"The same lotus of our clime blooms here in the alien water with the same sweetness,under another name."

郑振铎翻译的散文诗:"我们地方的荷花又在这陌生的水上开了花,放出同样的清香,只是名字换了。"

小弟译诗:

我地青莲千里种,陌生水面怒开花。

虽将名姓偷偷换,散出芳香此作家。

真是一样诗情一样香,偷将名换又新妆。

第 321 首:

泰戈尔原诗:"Things look phantastic in this dimness of the dusk----the spires whose bases are lost in the dark and tree tops like blots of ink.I shall wait for the morning and wake up to see thy city in the light."

郑振铎翻译的散文诗:"在这个黄昏的朦胧里,好些东西看来都仿佛是幻象一般——尖塔的底层在黑暗里消失了,树顶像是墨水的模糊的斑点似的。我将等待着黎明,而当我醒来的时候,就会看到在光明里的您的城市。"

小弟译诗:

朦胧暮色月星黄,树顶模糊古塔僵。

我等黎明先睡觉,醒来城市沐朝阳。

清新充满希望,给人奋发向上,虽暂时遇到黑暗,但黎明就在前头。同时还要好好休息,要有充沛的精力迎接美好而崭新的明天。

小弟写的好多诗歌也都是接近大自然，我喜欢看他写的诗歌、散文作品。我很欣赏和坚持唐代现实主义大诗人白居易"文章合为时而著，歌诗合为事而作"的见解。我们写的东西都是借物抒情，追求美好的理想。我至今记得小弟写的《小青蛙》："炎天日午地浮烟，澡后青蛙菡萏旋。久望青杯腮鼓喊，当思口渴饮蓬莲。"小弟写的无论是诗歌还是散文，读完以后能使人心情愉悦，这也许就是他的写作天赋吧。

时光飞逝，现在的我们因为各自都在不同的工作岗位上，不能像小时候一样粘在一起谈天说地了。但是现在好在有网络、电话、视频。我们可以通过网络诉说各自的喜怒哀乐，交流各自经历的生活和工作上的趣事以及困惑。相聚在一起的时间越来越少，不过时间和距离都没有影响到我们姐弟之间的深厚感情。每次的相聚我们都很是珍惜，聚在一起都是欢天喜地、喋喋不休。我的小弟越来越优秀了，作为姐姐的我以他为自豪。

姐姐相信明天的他一定会更加优秀，我始终这样期待着。

2019 年 12 月 13 日凌晨于湖北保康牡丹园

张艺心，女，1986 年 1 月 26 日出生在内蒙古赤峰市。2010 年 7 月毕业于包头钢铁职业技术学院检测技术及应用专业，获专科学历。2012 年 12 月本科毕业于北京交通大学人力资源管理专业。2010 年 6 月至 2013 年 3 月在中铁十八局集团湘桂铁路指挥部任中心试验室试验员，2013 年 4 月至 2019 年 5 月在中铁十八局集团田桓铁路中心试验室任试验员、副主任、代主任（其中 2016 年 7 月内招到中铁十八局集团第四工程公司任技术员）。2019 年 6 月调入中铁十八局集团第五工程公司，至今任中铁十八局集团郑万高铁湖北段指挥部四分部试验室试验员。

2016 年度被评为中铁十八局集团先进工作者。

发表散文 4 篇，发表学术论文 1 篇，申报国家专利 5 项，其中发明专利《铁路桥限高防护架基础的二次浇筑成型方法》（专利号 ZL201711314377.4，署名第五）于 2019 年 11 月 7 日获得国家知识产权局授权。

后记　哲诗译就感师亲

张湘平

　　泰戈尔著的《飞鸟集》是一部充满智慧的诗集，集中那些闪闪发光的诗句影响了无数中国读者。诗人善于思考，探索爱情、生死、孤独、友情等哲学问题，给我们解开了许多谜题。尤其是告诉我们在逆境中要坚强勇敢，抬头走路，在顺境中更要勤奋上进，低头思考。

　　当我用两个多月的业余时间，将这部经典诗集译著成七言诗后，得到了多位学者、老师的鼓励和肯定。在这里，我将向给我提供无私帮助的单位和老师致以衷心的感谢。

　　1.当翻译出前10首诗时，我请父亲寄给湖南诗词家冷阳春先生阅览。冷老师回信说："作者张湘平用绝句翻译印度诗人泰戈尔的代表作《飞鸟集》，我原以为十分艰难，未表赞同。看了他的汉译七言诗10首后，感觉很好，情景交融，意境新鲜，尤其是给说理的哲理性诗句增添了鲜活的形象。因此，我将大力支持他继续努力，在原文的基础上深入研究，尊重音节，展开想象，结合我国古典诗词的完美艺术，大胆完成《飞鸟集》（325首）全部汉译七言诗。这大概也是我所见到的使用旧体诗词翻译外国名诗的一种新的形式吧。"未到两个月，译著完成，冷老师对每一首译作进行了认真的审改，基本定稿后，又帮助我进行了全面斧正。本书在出版社排版后，冷老师不顾身残卧床，帮助校对了三次。尤其是样书出来后，他花了两天时间认真仔细审改了两次，提出修改意见和建议120多处，写了批注30多处，使本书克臻完善。同时，冷老师因病刚在医院做完手术，出院不到三天，就躺在家里的床上，抓紧时间为本书作序。这种诲人不倦、助人为乐的精神给了我很大的鼓励。

2. 辽宁大学中文系资深教授王向峰老先生及其博士生、辽宁大学外语系刘萱教授斟酌了《飞鸟集》原文,对部分译作进行了修改。天津教育出版社编审、《天津诗词》执行主编、著名诗词家李军先生,认真审读了原稿,对有关平仄、音韵方面的差错作了修订。尤其是对国家之间的敏感词语进行了规避,并对今后的诗词创作提出了不少参考建议。王向峰教授和李军老师,还有《本溪日报》主任记者和本溪市社会科学学术带头人莫永甫先生,襄阳市作协副主席李修平先生,《北京诗苑》和《诗词家》编委、诗词界和学术界"李子体"创立者曾少立先生在百忙之中,拨冗阅读译稿,深情撰写序言,推介我的这部译著。谨对这些专家学者所付出的辛勤劳动表示非常的感谢。

3. 国家一级作家、天津鲁藜研究会副会长和南开大学特聘教授刘功业先生,认真撰写评语,推介我加入天津市作家协会;李军老师推介我加入天津市诗词协会;《中国铁路文艺》执行主编杨天祥老师将我列为全国铁路系统年轻作者重点培养对象,对我的写作进行认真指导,推介我加入中国铁路作家协会。对他们的爱护和帮助,我深表感谢。

4. 我的父亲张馨先生在繁忙的工作之余,对我的翻译鼓励有加,帮我录入原稿,反复修改和校对,帮助联系出版,付出了辛勤的劳动。我的堂弟胡少瞻、表妹张雨潇及建安公司赵婷婷女士等热情为我撰写跋言,分析欣赏我的译著。在此表示诚挚的谢意。

5. 中国艺术家协会和辽宁省书法协会会员、著名书法家石痕先生多次为我题写书名,还有广西著名作家和书法家彭匋先生、中铁十八局集团书法家李云光先生均题赠墨宝,使本书增色不少。在此致以深深的谢意。

2019 年 3 月 20 日于卡塔尔首都多哈

附一　律绝诗平仄格式

律绝诗采用平声韵，写诗者比较熟悉。如果再开拓仄声韵，那就给写诗者开辟了更为广泛的押韵空间。

仄韵诗是指韵脚用仄声字的旧体诗，主要包括仄韵律绝和仄韵古风。古体诗不限平仄韵，故仄韵诗较多；近体诗用仄韵者很少。

仄韵诗主要有以下几个特征：

1. 仄韵近体诗的每一单句中，句子的平仄与平韵的近体诗是一样的，也是在根据四种律句平仄句型的基础上推演出来的，每首仄韵诗基本都是由这四种基本平仄句型组成。也就是和常见的平韵诗韵脚平仄刚好相反。比如绝句，孟浩然的《春晓》："春眠不觉晓，处处闻啼鸟。夜来风雨声，花落知多少。"就是第三句平收不入韵，第二句和第四句则需押韵，不过首句平尾也可不入韵，但仄尾通常入韵为佳。

2. 句与句之间要求在平仄上符合"粘对规律"，且若是律诗，中间两联必须对仗，这与平韵近体诗的格律要求一致。

3. 允许邻韵通押，但韵字声调则需一致，不能在同一首诗中的韵脚上的上声、去声、入声混在一起，通常只能用一个相同的声调，不过也少有上声去声互通的。

4. 当首句尾字为仄声字时，可以不入韵，也可以用韵脚声调以外的其他仄声字。

仄韵诗的押韵技巧是：入声只能同去声押，不能跳过去声同上声押。而去声则可同上声押，又可同入声押。如果全诗以去声为主，上可押上声，下可押入声。

一、平韵七言律诗

（一）平起首句起韵

⊕平⊗仄仄平平，⊗仄平平仄仄平。

⊗仄⊕平平仄仄，⊕平⊗仄仄平平。

⊕平⊗仄平平仄，⊗仄平平仄仄平。

⊗仄⊕平平仄仄，⊕平⊗仄仄平平。

（二）平起首句不起韵

⊕平⊗仄平平仄，⊗仄平平仄仄平。

⊗仄⊕平平仄仄，⊕平⊗仄仄平平。

⊕平⊗仄平平仄，⊗仄平平仄仄平。

⊗仄⊕平平仄仄，⊕平⊗仄仄平平。

（三）仄起首句起韵

⊗仄平平仄仄平，⊕平⊗仄仄平平。

⊕平⊗仄平平仄，⊗仄平平仄仄平。

⊗仄⊕平平仄仄，⊕平⊗仄仄平平。

⊕平⊗仄平平仄，⊗仄平平仄仄平。

（四）仄起首句不起韵

⊗仄⊕平平仄仄，⊕平⊗仄仄平平。

⊕平⊗仄平平仄，⊗仄平平仄仄平。

⊗仄⊕平平仄仄，⊕平⊗仄仄平平。

⊕平⊗仄平平仄，⊗仄平平仄仄平。

二、仄韵七言律诗

（一）平起首句起韵

⊕平⊗仄平平仄，⊗仄⊕平平仄仄。

⊠仄平平仄仄平，⊕平⊠仄平平仄。
⊕平⊠仄仄平平，⊠仄⊕平平仄仄。
⊠仄平平仄仄平，⊕平⊠仄平平仄。

（二）平起首句不起韵

⊕平⊠仄仄平平，⊠仄⊕平平仄仄。
⊠仄平平仄仄平，⊕平⊠仄平平仄。
⊕平⊠仄仄平平，⊠仄⊕平平仄仄。
⊠仄平平仄仄平，⊕平⊠仄平平仄。

（三）仄起首句起韵

⊠仄⊕平平仄仄，⊕平⊠仄仄平平。
⊕平⊠仄仄平平，⊠仄⊕平平仄仄。
⊠仄平平仄仄平，⊕平⊠仄平平仄。
⊕平⊠仄仄平平，⊠仄⊕平平仄仄。

（四）仄起首句不起韵

⊠仄平平仄仄平，⊕平⊠仄平平仄。
⊕平⊠仄仄平平，⊠仄⊕平平仄仄。
⊠仄平平仄仄平，⊕平⊠仄平平仄。
⊕平⊠仄仄平平，⊠仄⊕平平仄仄。

三、平韵五言律诗

（一）仄起首句起韵

⊠仄仄平平，平平仄仄平。
⊕平平仄仄，⊠仄仄平平。
⊠仄平平仄，平平仄仄平。
⊕平平仄仄，⊠仄仄平平。

（二）仄起首句不起韵

⃝仄仄平平仄，平平仄仄平。
⃝平平平仄仄，⃝仄仄仄平平。
⃝仄仄平平仄，平平仄仄平。
⃝平平平仄仄，⃝仄仄仄平平。

（三）平起首句起韵

平平仄仄平，⃝仄仄仄平平。
⃝仄仄平平仄，平平仄仄平。
⃝平平平仄仄，⃝仄仄仄平平。
⃝仄仄平平仄，平平仄仄平。

（四）平起首句不起韵

⃝平平平仄仄，⃝仄仄仄平平。
⃝仄仄平平仄，平平仄仄平。
⃝平平平仄仄，⃝仄仄仄平平。
⃝仄仄平平仄，平平仄仄平。

四、仄韵五言律诗

（一）仄起首句起韵

⃝仄仄平平仄，⃝平平平仄仄。
平平仄仄平，⃝仄仄平平仄。
⃝仄仄仄平平，⃝平平平仄仄。
平平仄仄平，⃝仄仄平平仄。

（二）仄起首句不起韵

⃝仄仄仄平平，⃝平平平仄仄。
平平仄仄平，⃝仄仄平平仄。
⃝仄仄仄平平，⃝平平平仄仄。

平平仄仄平，仄仄平平仄。

（三）平起首句起韵

平平平仄仄，仄仄平平仄。

仄仄仄平平，平平平仄仄。

平平仄仄平，仄仄平平仄。

仄仄仄平平，平平平仄仄。

（四）平起首句不起韵

平平仄仄平，仄仄平平仄。

仄仄仄平平，平平平仄仄。

平平仄仄平，仄仄平平仄。

仄仄仄平平，平平平仄仄。

五、平韵七言绝句

（一）平起首句起韵

平平仄仄仄平平，仄仄平平仄仄平。

仄仄平平平仄仄，平平仄仄仄平平。

（二）平起首句不起韵

平平仄仄平平仄，仄仄平平仄仄平。

仄仄平平平仄仄，平平仄仄仄平平。

（三）仄起首句起韵

仄仄平平仄仄平，平平仄仄仄平平。

平平仄仄平平仄，仄仄平平仄仄平。

（四）仄起首句不起韵

仄仄平平平仄仄，平平仄仄仄平平。

平平仄仄平平仄，仄仄平平仄仄平。

六、仄韵七言绝句

（一）平起首句起韵

⑨平⑪仄平平仄，⑪仄⑨平平仄仄。
⑪仄平平仄仄平，⑨平⑪仄平平仄。

（二）平起首句不起韵

⑨平⑪仄仄平平，⑪仄⑨平平仄仄。
⑪仄平平仄仄平，⑨平⑪仄平平仄。

（三）仄起首句起韵

⑪仄⑨平平仄仄，⑨平⑪仄平平仄。
⑨平⑪仄仄平平，⑪仄⑨平平仄仄。

（四）仄起首句不起韵

⑪仄平平仄仄平，⑨平⑪仄平平仄。
⑨平⑪仄仄平平，⑪仄⑨平平仄仄。

七、平韵五言绝句

（一）仄起首句起韵

⑪仄仄平平，平平仄仄平。
⑨平平仄仄，⑪仄仄平平。

（二）仄起首句不起韵

⑪仄平平仄，平平仄仄平。
⑨平平仄仄，⑪仄仄平平。

（三）平起首句起韵

平平仄仄平，⑪仄仄平平。
⑪仄平平仄，平平仄仄平。

(四) 平起首句不起韵

⊕平平仄仄，⊗仄仄平平。
⊗仄平平仄，平平仄仄平。

八、仄韵五言绝句

(一) 仄起首句起韵

⊗仄平平仄，⊕平平仄仄。
平平仄仄平，⊗仄平平仄。

(二) 仄起首句不起韵

⊗仄仄平平，⊕平平仄仄。
平平仄仄平，⊗仄平平仄。

(三) 平起首句起韵

⊕平平仄仄，⊗仄平平仄。
⊗仄仄平平，⊕平平仄仄。

(四) 平起首句不起韵

平平仄仄平，⊗仄平平仄。
⊗仄仄平平，⊕平平仄仄。

附二　平水韵常用字

"平水韵"（平水韵部）由其刊行者宋末平水人刘渊而得名。平水韵依据唐人用韵情况，把汉字划分成107个韵部（其书今佚）。每个韵部包含若干字，作律绝诗用韵，其韵脚的字必须出自同一韵部，不能错用。隋朝陆法言的《切韵》分为206韵，过于细，唐代规定相近的韵可以合用，所以唐朝《切韵》实际简化版为193韵。南宋原籍山西平水人刘渊，在著《壬子新刊礼部韵略》时将同用的韵合并，成107韵，同期山西平水官员金人王文郁著《平水新刊韵略》为106韵，清代康熙年间编的《佩文韵府》把《平水韵》并为106个韵部。其中平声30韵（上平15韵、下平15韵），上声29韵，去声30韵，入声17韵。平声字较多，分为上平、下平两卷。

第一卷：【上平】

一东：东同童僮铜桐峒筒瞳中［中间］衷忠盅虫冲终忡崇嵩［崧］菘戎绒弓躬宫穹融雄熊穷冯风枫疯丰充隆窿空公功工攻蒙濛朦蓇笼胧栊咙聋珑砻泷蓬篷洪茳红虹鸿丛翁嗡匆葱聪骢通棕烘崆

二冬：冬咚彤农侬宗淙锺钟龙茏春松淞冲容榕蓉溶庸佣慵封胸凶匈汹雍邕痈浓脓重［重复］从［服从］逢缝峰锋丰蜂烽葑纵［纵横］踪茸邛筇蹱供［供给］蚣喁

三江：江缸窗邦降［降伏］双泷庞撞豇扛杠腔桹桩幢蛩［冬韵同］

四支：支枝肢移［竹移］为［施为］垂吹陂碑奇宜仪皮儿离施知驰池规危夷师姿迟龟眉悲之芝时诗棋旗辞词期祠基疑姬丝司葵医帷思滋持随痴维厄麋螭

麾壓弥慈遗肌脂雌披嬉尸狸炊湄篱兹差［参差］疲茨卑亏蕤骑［跨马］歧岐谁斯澌私窥熙欺疵赀羁彝髭颐资縻饥衰锥姨夔衹涯［佳、麻韵同］伊追蓍缁其箕椎羆篪萎匙脾坻嶷治［治国］骊綦怡尼漪牺饴而鸥推［灰韵同］匙陲魑锤缡璃骊羸陂靡靡脾芪畸牺羲欷漪猗崎崖萎筛狮狮鸥绥虽粢瓷椎饴鳌痍惟唯机耆逵岿伾枇貔楣霉辎虫嗤媸飔坻荑鲥鹚答漓怡贻禧噫其琪祺麒嶷螭栀鹂累跑琵祁骐眥咨睢馗肶鳍蛇［委蛇］陴淇丽［地名］厮氏［月氏］僖嘻琦怩熹孜罹磁痿隋逶郦嵋唯椅［音漪，木名］

五微：微薇晖辉徽挥韦围帏违闱霏菲［芳菲］妃飞非扉肥威祈畿机几［微也，如见几］讥玑稀希衣［衣服］依归饥［支韵同］矶欷诽绯晞葳巍沂圻颀

六鱼：鱼渔初书舒居裾琚车［麻韵同］渠蕖余予［我也］誉［动词］舆胥狙锄疏蔬梳虚嘘墟徐猪闾庐驴诸储除滁蜍如畲淤好苴萡沮徂龆茹於祛蘧疽蛆醵纾樗躇［药韵同］欤据［拮据］

七虞：虞愚娱隅无芜巫于衢癯瞿氍儒濡须需朱珠株诛硃铢蛛殊俞瑜榆愉逾渝窬谀腴区躯驱岖趋扶符凫芙雏敷氀夫肤纡输枢厨俱驹模谟摹蒲逋胡湖瑚乎壶狐弧孤辜姑觚菰徒途涂荼图屠奴吾梧吴租卢鲈炉芦颅垆蚨孥帑苏酥乌污［污秽］枯粗都苻侏禺拘嵎躅桴俘臾萸呼濡瓠糊醐呼沽酤泸舻轳䳢驽匍葡铺［铺盖］菟诬呜迂盂竽趺毋孺酴鸪骷刳蛄晡蒱葫呱蝴觔妯猢郛孚

八齐：齐黎犁梨妻［夫妻］萋凄堤低题提蹄啼鸡稽兮倪霓西栖犀嘶撕梯鼙赍迷泥溪蹊圭闺携畦稔跻奚脐醯鳖蠡鹈鹈奎批砒睽黅筻齑藜猊蜺鲵羝

九佳：佳街鞋牌柴钗差［差使］崖涯［支麻韵同］偕阶皆谐骸排乖怀淮豺侪埋霾斋槐［灰韵同］睚崽楷秸揩挨俳

十灰：灰恢魁隈回徊槐［佳韵同］梅枚玫媒煤雷颓崔催摧堆陪杯醅嵬推［支韵同］诙裴培盃偎煨瑰苺追胚徘坯桅傀偭［贿韵同］莓开哀埃台苔抬该才材财裁栽哉来莱灾猜孩傀骀胎唉垓挨皑呆腮

十一真：真因茵辛新薪晨辰臣人仁神亲申身宾滨槟缤邻鳞麟珍瞋尘陈春津秦频蘋颦濒银垠筠巾民岷泯［轸韵同］珉贫莼淳醇纯唇伦轮沦抡匀旬巡驯钧均榛莘遵循甄宸纶椿鹑屯呻粦嶙辚磷呻伸绅寅姻荀询峋氤恂嫔彬皴娠闽纫湮肫逡菌臻豳

十二文：文闻纹蚊云分［分离］氛纷芬焚坟群裙君军勤斤筋勋薰曛醺芸耘

197

芹欣氪荤汶汾殷雯贲纭昕熏

十三元：元原源沅鼋园袁猿垣烦蕃樊喧萱暄冤言轩藩媛援辕番繁翻幡璠鸳鹓蜿湲爰掀燔圈谖魂浑温孙门尊［樽］存敦墩炖暾蹲豚村屯囤 \[囤积 \] 盆奔论［动词］昏痕根恩吞荪扪昆鲲坤仑婚阍髡馄喷猢饨臀跟瘟飧

十四寒：寒韩翰［翰韵同］丹单安鞍难［艰难］餐檀坛滩弹残干肝竿阑栏澜兰看［翰韵同］刊丸完桓纨端湍酸团攒官观［观看］鸾銮峦冠［衣冠］欢宽盘蟠漫［大水貌］叹［翰韵同］邯郸摊玕拦珊狻骭杆跚姗殚箪瘅谰玃倌棺剜潘拚［问韵同］槃般蹒瘢磐瞒谩馒鳗钻挎邗汗［可汗］

十五删：删潸关弯湾还环鬟寰班斑蛮颜奸攀顽山闲艰间［中间］悭患［谏韵同］屠潺擐菅般［寒韵同］颁鬘疝讪斓娴鹇鳏殷［赤黑色］纶［纶巾］

第二篇：【下平】

一先：先前千阡笺天坚肩贤弦烟燕［地名］莲怜连田填巅鬈宣年颠牵妍研［研究］眠渊涓捐娟边编悬泉迁仙鲜［新鲜］钱煎然延筵毡旃蝉缠廛联篇偏绵全镌穿川缘鸢旋船涎鞭专圆员乾［乾坤］虔愆权拳椽传焉嫣鞯褰搴铅舷跹鹃筌痊诠悛先遄禅婵躔颛燃涟琏便［安也］翩骈癫阗钿霰韵同］沿蜒朒芊鳊胼滇佃畋咽湮狷蠲鹣骞膻扇棉拴荃籼砖挛儇璇［曲也］扁［扁舟］单［单于］溅［溅溅］犍

二萧：萧箫挑貂刁凋雕迢条髫调［调和］蜩枭浇聊辽寥撩寮僚尧宵消霄绡销超朝潮嚣骄娇蕉焦椒饶硝烧［焚烧］遥徭摇谣瑶韶昭招镳瓢苗猫腰桥乔娆妖飘逍潇鸮骁桃鹩鹬缭獠獠夭［夭夭］幺邀要［要求］姚樵谯憔标飚嫖漂［漂浮］剽佻韶苕噍晓跷侥了［明了］魈峣描钊韶桡铫鹞翘桴侨窑礁

三肴：肴巢交郊茅嘲钞包胶苞梢姣庖匏坳敲胞抛蛟崤鵁鞘抄螯咆哮凹淆教［使也］跑艄捎交咬铙茭炮［炮制］泡鲛刨抓

四豪：豪劳毫操［操持］髦绦刀萄猱褒桃糟旄袍挠［巧韵同］蒿涛皋号［号呼］陶鳌曹遭羔糕高搔毛艘滔骚韬缲膏牢醪逃濠壕饕洮淘叨嗥篙熬遨翱嗷臊嗥尻麈螯獒牦漕嘈槽掏涝捞痨苤

五歌：歌多罗河戈阿和［和平］波科柯陀娥蛾鹅萝荷［荷花］何过［经过］磨［琢磨］螺禾珂蓑婆坡呵哥轲鼍拖驼跎佗［他］颇［偏颇］峨俄摩么

198

婆莎迦疴苛蹉嵯驮箩逻锣哪挪锅诃稞蝌髁倭涡窝讹陂鄱皤魔梭唆骡挼靴瘸搓哦瘥酡

六麻：麻花霞家茶华沙车［鱼韵同］牙蛇瓜斜邪芽嘉瑕纱鸦遮叉奢涯［支、佳韵同］巴耶嗟遐加笳赊槎差［差错］蟆骅虾葭袈裟砂衙呀琶耙芭杷笆疤爬葩些［少也］佘鲨查楂渣爹挝咤拿椰珈跏枷迦痂茄桠丫哑划哗夸胯抓洼呱

七阳：阳杨扬香乡光昌堂章张王房芳长塘妆常凉霜藏场央泱鸯秧嫱床方浆舫梁娘庄黄仓皇装殇襄骧相湘箱缃创忘芒望尝偿樯枪坊囊郎唐狂强肠康冈苍匡荒遑行妨棠翔良航倡伥羌庆姜僵缰疆粮穰将墙桑刚祥详洋徉伴粱量羊伤汤鲂樟彰漳璋猖商防筐煌隍凰蝗惶璜廊浪当裆珰沧纲亢吭潢钢丧盲簧忙茫傍汪臧琅当庠裳昂障糖疡锵杭邙赃滂襄攘瓢抢螳踉眶炀阆彭蒋亡殃蔷镶孀搪彷胱磅膀螃

八庚：庚更［更改］羹盲横［纵横］觥彭亨英烹平枰京惊荆明盟鸣荣莹兵兄卿生甥笙牲擎鲸迎行［行走］衡耕萌甍宏闳茎罂莺樱泓橙争筝清情晴精睛菁晶旌盈楹瀛嬴赢营婴缨贞成盛［盛受］城诚呈程酲声征正［正月］轻名令［使令］并［并州］倾萦琼峥嵘撑粳坑铿撄鹦黥蘅澎膨棚浜坪苹钲伧檠嘤轰铮狰宁狞瞪绷怦璎砰氓鲭侦柽蛏茔赪莤赓黉瞠

九青：青经泾形陉亭庭廷霆蜓停丁仃馨星腥醒［醉醒］惺俜灵龄玲铃伶零听［径韵同］冥溟铭瓶屏萍荧萤荥扃垧蜻硎苓瓴翎娉婷宁暝瞑螟猩钉疔叮厅町泠棂囹羚蛉咛型邢

十蒸：蒸烝承丞惩澄陵凌绫菱冰膺鹰应［应当］蝇绳升缯凭乘［驾乘，动词］胜［胜任］兴［兴起］仍兢矜征［征求］称［称赞］登灯僧憎增曾罾层能朋鹏肱薨腾恒罾崩滕誊崚噌姮塍冯症簦曾凝［径韵同］棱楞

十一尤：尤邮优忧流旒留骝榴刘由油游猷悠攸牛修羞秋周州洲舟酬雠柔俦畴筹稠丘邱抽瘳遒收鸠搜驺愁休因求裘仇浮谋牟眸俘矛侯喉猴讴鸥楼陬偷头投钩沟幽纠啾楸蚯踌绸惆勾娄琉疣犹邹兜呦咻貅球蜉蝣辀帱阄瘤硫浏麻湫泅酉瓯啁飕鍪篌抠篝诌骰偻沤［水泡，名词］蝼髅搂欧彪掊虬揉蹂抔不［与有韵"否"通］瓿缪［绸缪］

十二侵：侵寻浔临林霖针箴斟沈心琴禽擒衾钦吟今襟［衿］金音阴岑簪［覃韵同］壬任［负荷］歆森禁［力所胜任］浸喑琛淋骎参［参差］忱淋妊掺参［人参］椹郴芩檎琳蟫愔喑黔嶔

十三覃：覃潭参［参考］骖南楠男谙庵含涵函［包函］岚蚕探贪耽眈龛堪谈甘三酣柑惭蓝担簪［侵韵同］谭昙坛婪戡颔痰篮槛蚶憨泔聃邯蟫［侵韵同］

十四盐：盐檐廉帘嫌严占［占卜］髯谦佥纤签瞻蟾炎添兼缣沾尖潜阎镰黏淹钳甜恬拈砭詹蒹歼黔钤佥崦渐鹣腌襜阉

十五咸：咸函［书函］缄岩谗衔帆衫杉监［监察］凡馋芟挦喃嵌掺巉

第三篇：【上声】

一董：董懂动孔总笼［东韵同］拢桶捅蓊蠓汞

二肿：肿种［种子］踵宠垅［陇］拥冗重［轻重］冢捧勇甬踊涌俑蛹恐拱竦悚耸巩怂奉

三讲：讲港棒蚌项耩

四纸：纸只咫是靡彼毁委诡髓累技绮觜泚蕊徙尔弭侈弛豕紫旨指视美否［否泰］痞兕几姊比水轨止徵市喜已纪跪妓蚁鄙晷子仔梓矢雉死履垒癸趾址以已似耜祀史驶耳使［使令］里理李起杞圮跂士仕俟始齿矣耻麂枳峙鲤迩氏玺巳［辰巳］滓苡倚匕迤逦旖舣虮秕芷拟你企诔捶箠揣豸祉恃

五尾：尾苇鬼岂卉几［几多］伟斐菲［菲薄］匪篚娓悱棐篚炜虺玮虮

六语：语［语言］圄圉吕侣旅杼伫与［给予］予［赐予］渚煮暑鼠汝茹［食也］黍杵处［居住，处理］贮女许拒炬距所楚础阻俎沮叙绪序屿墅巨去［除也］苣举讵溆浒钜醑咀诅苎抒楮

七麌：麌雨宇舞府鼓虎古股贾［商贾］估土吐圃庾户树［种植，动词］煦诩努辅组乳弩补鲁橹睹腐数［动词］簿竖普侮斧聚午伍釜偻部柱矩武五苦取抚浦主杜坞祖愈堵扈父甫禹羽怒［遇韵同］腑拊俯罟卤姥鹉拄莽［养韵同］栩窭脯妩虎否［是否］麈褛偻酤牡谱怙肚踽虏弩诂瞽殴祜沪雇仵缶母某亩蛊琥

八荠：荠礼体米启陛洗邸底抵弟邸涕悌济［水名］澧醴诋眯娣棨递昵睨蠡

九蟹：蟹解洒楷［佳韵同］拐矮摆买骇

十贿：贿悔罪馁每块汇猥璀磊蕾傀儡腿海改采彩在宰醢铠恺待殆怠乃载［岁也］凯闿倍蓓迨亥

十一轸：轸敏允引尹尽忍准隼笋盾［阮韵同］闵悯菌［真韵同］蚓牝殒紧

蠢陨哂诊疹赈肾蜃膑黾泯窘吮缜

十二吻：吻粉蕴愤隐谨近忿抆刎搵槿瑾悃韫

十三阮：阮远［远近］晚苑返反饭［动词］偃蹇琬沅宛婉畹菀蜿绻巘挽堰混棍阃悃捆衮滚鲧稳本畚笨损忖囤遁很沌恳垦龈

十四旱：旱暖管琯满短馆［翰韵同］缓盥［翰韵同］碗懒伞伴卵散［散布］伴诞罕瀚［浣］断［断绝］侃算［动词］款但坦祖纂缎拌懒謿莞

十五潸：潸眼简版板阪盏产限绾柬拣撰馔赧皖汕铲屦见楝栈

十六铣：铣善［善恶］遣［遣送］浅典转［霰韵同］衍犬选冕辇免展茧辨篆勉剪卷显钱［霰韵同］践喘藓软蹇［阮韵同］演兖件腆跣缅缱鲜［少也］殄匾匾蚬岘汱㸐隽键变泫癣阐颤膳鳝舛婉辗邅［先韵同］齴辨捻

十七筱：筱小表鸟了［未了，了得］晓少［多少］扰绕绍杪沼眇矫姣杳窈窕袅挑［挑拨］掉［啸韵同］肇缥纱渺淼茑赵兆缴缭［萧韵同］夭［夭折］悄皛侥蓼姣磽勦晁藐秒孚了［了望］

十八巧：巧饱卯狡爪鲍挠［豪韵同］搅绞拗咬炒吵佼姣［肴韵同］昂茆獠［萧韵同］

十九皓：皓宝藻早枣老好［好丑］道稻造［造作］脑恼岛倒［跌到］祷［号韵同］捣抱讨考燥扫［号韵同］嫂保鸨稿草昊浩镐杲缟槁堡皂璪媪燠袄懊葆褓芼澡套涝宲拷栲

二十哿：哿火舸觰舵我拖娜荷［负荷］可左果裹朵锁琐惰妥坐［坐立］裸跛颇［稍也］夥颗祸桠婀逻卵那坷爹［麻韵同］簸叵垛哆硪么［歌韵同］峨［歌韵同］

二十一马：马下［上下］者野雅瓦寡社写泻夏［华夏］也把厦惹冶贾［姓贾］假［真假］且玛姐舍喏赭洒鲅剐打耍那

二十二养：养痒象像橡仰朗桨奖蒋敞氅厂枉往颡强［勉强］惘两曩丈杖仗［漾韵同］响掌党想鲞榜爽广享向饟幌莽纺长［长幼］网荡上［上升］壤赏仿罔诳倘魍魉谎蟒漭嗓盎恍脏［肮脏］吭沆慷褓锒抢肮纩

二十三梗：梗影景井岭领境警请饼永骋逞颖颍顷整静省幸颈郢猛丙炳杏秉耿矿冷靖哽绠荇舻蜢皿儆悻婧屏狰［庚韵同］靓惺打瘿并［合并］犷省憬鲠

二十四迥：迥炯茗挺艇梃醒［青韵同］酩酊并［并行，并且］等鼎顶肯拯

《飞鸟集》汉译七言诗

罄到溟［青韵同］

二十五有：有酒首口母［麌韵同］妇［麌韵同］後柳友斗狗久负［麌韵同］厚手叟守否［麌韵同］右受牖偶走阜［麌韵同］九后咎薮吼帚垢舅纽藕朽臼肘韭亩［麌韵同］剖诱牡［麌韵同］缶酉苟丑糗扣叩某莠寿绶玖授蹂［尤韵同］揉［尤韵同］溲纣钮扭呕殴纠耦掊瓿拇姆擞绺抖陡蚪篓勠起取［麌韵同］

二十六寝：寝饮［饮食］锦品枕［枕衾］审甚［沁韵同］廪衽稔凛懔沈［姓氏］朕荏婶沈［沈阳］葚禀噤谂怎恁衽罳

二十七感：感览揽胆澹［淡，勘韵同］唉坎惨敢颔［覃韵同］撼毯糁湛菡萏罱槭喊嵌［咸韵同］橄榄

二十八俭：俭焰敛［艳韵同］险检脸染掩点簟贬冉苒陕谄俨闪剡忝［艳韵同］琰奄歉芡崭埝渐［盐韵同］罨捡弇崦玷

二十九豏：豏槛范减舰犯湛巉［咸韵同］斩黤范

第四篇：【去声】

一送：送梦凤洞众瓮贡弄冻痛栋恸仲中［击中］粽讽空［空缺］控哄赣

二宋：宋用颂诵统纵［放纵］讼种［种植］综俸供［供设，名词］从［仆从］缝［隙也］重［再也］共

三绛：绛降［升降］巷撞［江韵同］戆

四寘：寘置事地意志思［名词］泪吏赐自字义利器位戏至次累［连累］伪寺瑞智记异致备肆翠骑［车骑，名词］使［使者］试类弃饵媚鼻易［容易］謦坠醉议翅避笥帜炽粹莳谊帅厕寄睡忌贰萃穗二臂嗣吹［鼓吹，名词］遂恣四骥季刺驷寐魅积［积蓄］被懿觊冀愧匮恚馈蒉篑柜暨庇屐莉腻秘比［近也］鸷惎畣示嗜饲伺遗［馈遗］懿祟值惴屣眦罾企渍譬跛挚燧隧悴屎稚雉荠悸肆泌识［记也］侍踬为［因为］

五未：未味气贵费沸尉畏慰蔚魏纬胃汇［字汇］谓渭卉［尾韵同］讳毅既衣［着衣，动词］蛊溉［队韵同］翡诽

六御：御处［处所］去虑誉［名词］署据驭曙助絮著［显著］箸豫恕与［参与］遽疏［书疏］庶预语［告也］踞倨篚淤锯觑狙［鱼韵同］翥薯

七遇：遇路辂赂露鹭树［树木］度［制度］渡赋布步固素具务雾鹜数［数

量］怒［虞韵同］附兔故顾句墓慕暮募注住注驻炷祚裕误悟寤戍库护屦诉妒惧趣娶铸绔傅付谕喻妪芋捕哺互孺寓赴冱吐［虞韵同］污［动词］恶［憎恶］晤煦酗讣仆［偃仆］赙驸婺锢蚷飓怖铺［店铺］塑愫蠹溯镀璐雇瓠迕妇负阜副富［宥韵同］醋措

八霁：霁制计势世丽岁济［渡也］第艺惠慧币弟滞际涕［荠韵同］厉契［契约］敝弊毙帝蔽髻锐戾裔袂系祭卫隶闭逝缀翳替细桂税婿例誓筮蕙诣砺励瘵噬继脆睿毳曳蒂睇妻［以女妻人］递逮蓟蚋薛荔唳揿砺泥［拘泥］媲嬖彗睥睨剂嚏谛缔剃屉悌俪锲贳掣羿棣蟪薤娣说［游说］赘憩鳜觅呓谜挤

九泰：泰太带外盖大［个韵同］濑赖籁蔡害蔼艾丐奈柰汰癞霭会旆最贝沛霈绘脍荟狈侩桧蜕酹外兑

十卦：卦挂画［图画］懈廨邂隘卖派债怪坏诫戒界介芥薤拜快迈败稗晒澥湃寨疥屆蒯蒉賷喟聩块岔

十一队：队内辈佩退碎背秽对废悔海晦昧配妹喙溃吠肺耒块碓刽悖焙淬敦［盘敦］塞［边塞］爱代载［载运］态菜碍戴贷黛概岱溉慨耐在［所在］鼐玳再袋逮棣賫赛忾暧咳嗳昧

十二震：震信印进润阵镇刃顺慎鬓晋骏闰峻衅振俊舜赈吝烬讯仞迅汛趁衬仅觐躏浚賑［轸韵同］龀认殡摈缙躏廑谆瞬韧浚殉馑

十三问：问闻［名誉］运晕韵训粪忿［吻韵同］酝郡分［名分］紊愠近［动词］扽拼奋郓掼靳

十四愿：愿怨万饭［名词］献健建宪劝蔓券远［动词］饨键贩畈曼挽［挽联］瑗媛圈［猪圈］论［名词］恨寸困顿遁［阮韵同］钝闷逊嫩溷浑巽褪喷［元韵同］艮揾

十五翰：翰［寒韵同］瀚岸汉难［灾难］断［决断］乱叹［寒韵同］观［楼观］干［树干，干练］散［解散］旦算［名词］玩烂贯半案按炭汗赞漫［寒韵同；又副词，独用］冠［冠军］灌爨窜幔粲灿璨换焕唤涣悍弹［名词］惮段看［寒韵同］判叛绊鹳伴畔锻腕惋馆旰捍疸但罐盥婉缎缦侃蒜钻斓

十六谏：谏雁患涧间［间隔］宦晏慢盼篆栈［潸韵同］惯串绽幻瓣苋办谩讪［删韵同］铲绾孪篡裥扮

十七霰：霰殿面县变箭战扇煽膳传［传记］见砚院练链燕宴贱馔荐绢彦掾

便［便利］眷倦羡奠遍恋啭眩钏倩卞汴片禅［封禅］遣溅饯善［动词］转［以力转动］卷［书卷］甸电咽茜单念［念书］眄淀靛佃钿［先韵同］镟漩拣缮现狷炫绚绽线煎选旋颤擅缘［衣饰］撰喑谚媛忏弁援研［磨研］

十八啸：啸笑照庙窍妙诏召邵要［重要］曜耀调［音调］钓吊叫眺少［老少］诮料疗潦掉［筱韵同］峤徼跳嘹漂镣廖尿肖鞘悄［筱韵同］峭哨俏醮燎［筱韵同］鹩鹞轿骠票铫［萧韵同］

十九效：效教［教训］貌校孝闹豹罩棹觉［寤也］较窖爆炮［枪炮］泡［肴韵同］刨［肴韵同］稍钞［肴韵同］拗敲［肴韵同］淖

二十号：号［号令］帽报导操［操行］盗噪灶奥告［告诉］诰到蹈傲暴［强暴］好［爱好］劳［慰劳］躁造［造就］冒悼倒［颠倒］燥犒靠懊瑁燠［皓韵同］耄糙套［皓韵同］纛［沃韵同］潦耗

二十一个：个贺佐大［泰韵同］饿过［歌韵同；又过失，独用］座和［唱和］挫课唾播破卧货簸轲［辘轲］驮骒［歌韵同］磋作做剁磨［磨磐］懦糯缚锉挼些［楚些］

二十二祃：祃驾夜下［降也］谢榭罢夏［春夏］霸暇灞嫁赦籍［凭籍］假［休假］蔗化舍［庐舍］价射骂稼架诈亚麝怕借卸帕坝靶鹧贳炙嗄乍咤诧侘罅吓娅哑讶迓华［姓华］桦话胯［遇韵同］跨衩柘

二十三漾：漾上［上下］望［阳韵同］相［卿相］将［将帅］状帐唱让浪［波浪］酿旷壮放向忘仗［养韵同］畅量［数量］葬匠障瘴谤尚涨饷样藏［库藏］舫访贶嶂当［适当］抗桁妄怆宕怅创酱况亮傍［依傍］丧［丧失］恙谅胀邑脏［内脏］吭砀伉圹犷桄挡旺炕亢［高亢］阆防

二十四敬：敬命正［正直］令［命令］证性政镜盛［茂盛］行［学行］圣咏姓庆映病柄劲竞靓净竟孟净更［更加］并［梗韵同］聘硬炳泳迸横［蛮横］摒阱桀迎郑獍

二十五径：径定听胜［胜败］謦磬应［答应］赠乘［名词］佞邓证秤称［相称］莹［庚韵同］孕兴［兴趣］剩凭［蒸韵同］迳甑宁胫暝［夜也］钉［动词］订钉锭罄泞瞪蹭蹬亘［亘古］镫［鞍镫］滢凳磴泾

二十六宥：宥候就售［尤韵同］寿［有韵同］秀绣宿［星宿］奏兽漏富［遇韵同］陋狩昼寇茂旧胄宙袖岫柚覆复［又也］救厩臭佑右囿豆饾窦瘦漱咒

究疚谬皱逅嗅遘溜镂逗透骤又侑幼读［句读］堠仆副［遇韵同］锈鹫绉咮灸籀酎诟蔻僦构扣购彀戊懋贸奏嗽凑鼬瞀沤［动词］

二十七沁：沁饮［使饮］禁［禁令］任［信任］荫浸谮谶枕［动词］噤甚［寝韵同］鸩赁喑渗窨妊

二十八勘：勘暗滥啖担憾暂三［再三］绀憨澹［咸韵同］瞰淡缆

二十九艳：艳剑念验堑赡店占［占据］敛［聚敛］厌焰［俭韵同］垫欠僭酽潋艳俺砭坫

三十陷：陷鉴泛梵忏赚蘸嵌站馅

第五篇：【入声】

一屋：屋木竹目服福禄谷熟肉族鹿漉腹菊陆轴逐苜蓿宿［住宿］牧伏夙读［读书］犊渎牍椟黩毂复［恢复］粥肃碌骕鹜育六缩哭幅斛戮仆畜蓄叔淑倏独卜馥沐速祝麓辘簏蹙筑穆睦秃縠覆辐瀑郁［忧郁，郁郁葱葱］舳掬鞠蹴踘茯袱鹏鹄髑槲扑匐簌蔟煜复［复杂］蝠蝮孰塾蠹竺曝鞫鏃諔簏囯［职韵同］副

二沃：沃俗玉足曲粟烛属录辱狱绿毒局欲束鹄蜀促触续浴酷躅褥旭欲笃督赎渌纛碡北［职韵同］瞩嘱勖溽缛梏

三觉：觉［知觉］角桷榷岳乐［音乐］捉朔数［频数］卓啄琢剥驳雹璞朴壳确浊擢濯渥幄握学龌龊槊掬镯喔邈荦

四质：质日笔出室实疾术一乙壹吉秩率律逸佚失漆栗毕恤密蜜桔溢瑟膝匹述黜弼跸七叱卒［终也］虱悉戌嫉帅［动词］蒺佶踬怵蟋筚篥必泌荜秩栉唧帙溧谧昵轶聿诘鳌垤捽苆鬻鹬窒苾

五物：物佛拂屈郁［馥郁，郁郁乎文哉］乞掘［月韵同］吃［口吃］讫绂弗勿迄不怫绋沸茀厥倔黻崛尉蔚契屹熨［未韵同］绂

六月：月骨发阙越谒没伐罚卒［士卒］竭窟笏钺歇突忽袜曰阀筏鹘［黠韵同］厥［物韵同］蹶蕨殁橛掘核蝎勃渤悖［队韵同］孛揭［屑韵同］碣粤橜鳜脖桲鹁捽［质韵同］猝欻兀讷［呐］羯凸咄［曷韵同］矹

七曷：曷达末阔钵脱夺褐割沫拔［挺拔］葛阏渴拨豁括抹遏挞跋撮泼秣掇［屑韵同］聒獭［黠韵同］剌喝磕藿瘌袜活鸹斡怛钹挬

八黠：黠拔［拔擢］八察杀刹轧戛瞎刮刷滑辖铩猾捌叭札扎帕茁鹘擖萨捺

九屑：屑节雪绝列烈结穴说血舌洁别缺裂热决铁灭折拙切悦辙诀泄锲咽［呜咽］轶噎彻澈哲鳖设啮劣玦截窃蘖浙孑桔颉拮撷揭褐［曷韵同］缬碣［月韵同］挈抉亵薛拽［曳］爇冽瞥迭跌阅餮鳌垤捏页阕阙谲鸠撒蹩箧楔惙辍啜缀撒继杰桀涅霓蜺［齐，锡韵同］批［齐韵同］

十药：药薄恶［善恶］作乐［哀乐］落阁鹤爵弱约脚雀幕洛壑索郭错跃若酌托削铎凿箔鹊诺萼度［测度］橐钥龠瀹着著虐掠获［收获］泊搏藿嚼勺谑廓绰霍镬莫铎缚貉各略骆寞膜鄂博昨柝格拓轹铄烁灼疟蒻箬苟蹃却噱矍攫醵踱魄酪络烙珞膊粕簿柞漠摸酢怍涸郝垩谔鳄噩锷颚缴扩樗陌［陌韵同］

十一陌：陌石客白泽伯迹宅席策册碧籍［典籍］格役帛戟壁驿麦额柏魄积［积聚］脉夕液尺隙逆画［动词］百辟赤易［变易］革脊翮屐获［猎获］适索厄隔益窄核舄掷责坼惜癖僻掖腋释译嶧择摘弈奕迫疫昔赫瘠谪亦硕貊跖鹡碛踖只炙［动词］蹐斥岁鬲骼舶珀吓碟拆喀蚱怍剧檗擘栅啧帻箦阣划蜴辟帼蝈刺峙汐藉螫蓦摭襞虢哑［笑声］绎射［音亦］

十二锡：锡壁历枥击绩勘笛敌滴镝檄激寂觋溺觅狄获幂戚鹢涤的吃沥雳霹惕剔砾翟籴倜析晰淅蜥劈甓嫡轹栎阒葪踢迪晳裼逖蜺阋汨［汨罗江］

十三职：职国德食［饮食］蚀色力翼墨极殖息熄直值得北黑侧贼饰刻则塞［闭塞］式轼域蜮殖植敕亟棘惑忒默织匿慝亿忆臆薏特勒肋幅仄昃稷识［知识］逼克即唧［质韵同］弋拭陟恻测翊洫啬穑鲫抑或匐［屋韵同］

十四缉：缉辑戢立集邑急入泣湿习给十拾袭及级涩楫［叶韵同］粒汁蛰执笠隰汲吸絷挹浥悒岌熠葺什芨廿揖煜［屋韵同］歙笈［叶韵同］圾褶翕

十五合：合塔答纳榻阁杂腊匝阖蛤衲沓鸽踏拓拉盍塌哂盒卅搭褡飒磕榼遢蹋蜡溘邋趿

十六叶：叶帖贴牒接猎妾蝶叠箧惬涉鬣捷颊楫［缉韵同］聂摄慑镊蹑协侠荚挟铗浃睫厌餍蹀躞燮摺辄婕谍堞靥啑喋碟鲽捻晔蹑笈［缉韵同］

十七洽：洽狭峡法甲业邺匣压鸭乏怯劫胁插锸押狎夹恰蛱铗掐劄袷眨胛呷歃闸霎［叶韵同］

附三　律绝诗的对仗

对仗是一种修辞形式。古体诗用不用对仗均可，如果用，用多少句，用在什么地方，用工对还是宽对，一切都是自由的。近体诗则不然，对仗是必需的，在何位置、用多少句是固定的，而且以用工对为原则。要想写好律绝诗，不仅要熟悉对仗的方法与种类，而且要研究近体诗是如何规定对仗的。

一、对仗分类

对仗按内容分为正对、反对和流水对。

正对：上下句的意思相类或相关，相互补充，相互映发。如白居易"乱花渐欲迷人眼，浅草才能没马蹄"；杜甫"两个黄鹂鸣翠柳，一行白鹭上青天"。

反对：上下句的意思相反，有强烈的对比、映衬作用。如杜甫"新松恨不高千尺，恶竹应须斩万竿"；李商隐"身无彩凤双飞翼，心有灵犀一点通"。

流水对：又叫"串对""连对"。上下句的意思有递接顺承的关系，次序不能颠倒，如行云流水，自然入妙。如骆宾王"哪堪玄鬓影，来对白头吟"；杜甫"即从巴峡穿巫峡，便下襄阳向洛阳"；陆游"塞上长城空自许，镜中衰鬓已先斑"；李商隐"谁言琼树朝朝见，不及金莲步步来"。

对仗按宽严分为工对、宽对和半对半不对。

工对：又叫"切对"。两句相对必须严谨，不但音节、词组、词性相同，名词还要分为若干细类，小类与小类相对。所谓"正名对""地名对""同类对""事对"均属此类。如韦庄"两岸严风吹玉树，一滩明月晒银沙"；白居易"南檐纳日冬天暖,北户迎风夏日凉";杜甫"敏捷诗千首,飘零酒一杯";杜甫"感时花溅泪,恨别鸟惊心"。另外,"当句对"也算工对。

宽对:是相对工对而言,有如下几种情况:一是不拘小类,只求词性相同,名词对名词、动词对动词、虚词对虚词即可,"异类对""言对"均属此类。如司空曙"雨中黄叶树,灯下白头人"。二是同字相对(律诗中一般不允许),古体诗、词、曲、赋、对联中时有所见。如杜甫"十日画一水,五日画一石";苏轼"明月如霜,好风如水,清景无限"。三是偏枯对,其对仗一方偏重而另一方偏轻。如杜甫"手自移蒲柳,家才足稻粱";"榉柳枝枝弱,枇杷树树香"。

半对半不对:是两句只有部分字词相对,其余部分不对。如杜甫"遥怜小儿女,未解忆长安";崔颢"黄鹤一去不复返,白云千载空悠悠"。虽只部分字词相对,其余未对,如果意佳,也是可以的,不算违律。

按方法分为当句对、隔句对、鼎足对、交股对、续句对和联珠对。

当句对:又称"句中对""就句对""就对""自对"。本句中一些词语与另一些词语自行成对,全联亦工。如王维"江流天地外,山色有无中"。其中"天地"自对,同属名词,"有无"自对,同属动词,对仗十分工整。杜甫"江山故宅空文藻,云雨荒台岂梦思"。"江"与"山"自对(地理),"文"与"藻"自对(文学),"云"与"雨"自对(天文),"梦"与"思"自对(人事),很工整。

隔句对:又称"扇面对""扇对"。四句组成一组对仗,第一句与第三句对,第二句与第四句对。如白居易"缥缈巫山女,归来七八年。殷勤湘水曲,留在十三弦"。

鼎足对:是三句为对的对仗形式,俗称"三枪"。词中使用者多。如辛弃疾"破青萍,排翠藻,立苍苔。"

交股对:又称"交错对""错综对""错落对""参差对""犄角对""蹉对",是词语不拘位置,颠倒交错,以为对仗,别有情趣。如李群玉"裙拖六幅湘江水,鬓耸巫山一段云"。

续句对:是两个或两个以上的对仗,下边的对仗续接上边的对仗之意。如杜甫"神女峰娟妙,昭君宅有无。曲留明怨惜,梦尽失欢娱"。第三句续第二句之意,第四句续第一句之意。

联珠对:多句相对,只见于散曲。如徐再思"九分恩爱九分忧,两处相思两处愁,十年迤逗十年受,几遍成几遍休。半点事半点惭羞,三秋恨三秋感旧,三春怨三春痛酒,一世害一世风流"。此曲句句用重字造句,连用数字,除"几遍"句少一字外,其他都是完好的对仗,前三句为一组鼎足对,后四句为一组连璧对。

按声韵分为双声叠韵对和叠字对。

双声叠韵对:是用双声词(两字声母相同)、叠韵词(两字韵母相同)互为对仗。如许浑"零落槿花雨,参差荷叶风";朱淑真"但愿暂成人缱绻,不妨常任月朦胧"。

叠字对:以叠字为对仗。如李群玉"野庙向江春寂寂,古碑无字草芊芊"。

按修辞分为双拟对、回文对和双关对。

双拟对:对仗词语皆为比拟。如魏庆之"议月眉欺月,论花颊胜花"。或指"掉字格"(即同字对和当句对凑合在一起),如杜甫"桃花细逐杨花落,黄鸟时兼白鸟飞"。

回文对:以回文法为对仗。如苏轼《题金山寺》七律的中间两联:"桥对寺门松径小,槛当泉眼石波清。迢迢绿树江天晓,霭霭红霞海日晴。"不仅对仗工整,而且倒读亦成文句。

双关对:有两种——谐音和借义,统称为"借对",可使诗文别具一格,所以诗人往往喜用。谐音对是"借对",又称"假对",即假借字音相对。如刘长卿"事直皇天在,归迟白发生。""皇"字借同音字"黄"与"白"相对。杜甫"马骄珠汗落,胡舞白蹄斜。""珠"借同音字"朱"(红色)与"白"相对。借义对是假借字义相对,字在句中的意义对起来本不甚工,但那字另有一个意义却恰与相对的字构成工对。如杜甫"行李淹吾舅,诛茅问老翁"。"行李"的"李"借"桃李"的"李"与"茅"(茅草)相对。

二、对仗格式

(一)正格。首联和尾联不要求对仗,中间两联则必须用对仗。

五律如王维《过香积寺》:"不知香积寺,数里入云峰。古木无人径,深山何处钟?泉声咽危石,日色冷青松。薄暮空潭曲,安禅制毒龙。"

七律如杜甫《涪城县香积寺官阁》:"寺下春江深不流,山腰官阁迥添愁。含风翠壁孤云细,背日丹枫万木稠。小院回廊春寂寂,浴凫飞鹭晚悠悠。诸天合在藤萝外,昏黑应须到上头。"

(二)别格。有几种不同情况。

1. 首联、颈联对仗,颔联、尾联不对仗。

五律如王勃《送杜少府之任蜀州》:"城阙辅三秦,风烟望五津。与君离别意,同是宦游人。海内存知己,天涯若比邻。无为在歧路,儿女共沾巾。"

后人专为之命名曰"偷春体"。魏庆之《诗人玉屑》卷二列"偷春体"曰:"其法颔联虽不拘对偶,疑非声律;然破题已的对矣。谓之偷春格,言如梅花偷春色而先开也。"

再看一例,杜甫《一百五日夜对月》:"无家对寒食,有泪如金波。斫却月中桂,清光应更多。仳离放红蕊,想像颦青蛾。牛女漫愁思,秋期犹渡河。"

2. 首联、颈联、尾联皆用对仗,只颔联不对。

如杜甫《月》:"并照巫山出,新窥楚水清。羁栖愁里见,二十四回明。必验升沉体,如知进退情。不违银汉落,亦伴玉绳横。"

3. 前三联全用对仗,只有尾联不对。在律诗中,首句以仄声首尾,不入韵,则往往用对仗。

五律如王湾《次北固山下》:"客路青山外,行舟绿水前。潮平两岸阔,风正一帆悬。海日生残夜,江春入旧年。乡书何处达,归雁洛阳边。"

七律如杜甫《咏怀古迹》之一:"支离东北风尘际,漂泊西南天地间。三峡楼台淹日月,五溪衣服共云山。羯胡事主终无赖,词客哀时且未还。庾信生平最萧瑟,暮年诗赋动江关。"

4. 首联不对仗,后三联全对,尾联往往用"流水对"。

五律如杜甫《水槛遣心》:"去郭轩楹敞,无村眺望赊。澄江平少岸,幽树晚多花。细雨鱼儿出,微风燕子斜。城中十万户,此地两三家。"

七律如杜甫《闻官军收河南河北》:"剑外忽传收蓟北,初闻涕泪满衣裳。却看妻子愁何在，漫卷诗书喜欲狂。白日放歌须纵酒，青青作伴好还乡。即从巴峡穿巫峡，便下襄阳向洛阳。"

5. 四联全用对仗。

五律如王维《故西河郡杜太守挽歌》："天上去西征，云中护北平。生擒白马将，连破黑雕城。忽见刍灵苦，徒闻竹使荣。空留左氏传，谁继卜商名。"

七律如杜甫《九日》："重阳独酌杯中酒，抱病起登江上台。竹叶于人既无分，菊花从此不须开。殊方日落玄猿哭，旧国霜前白雁来。弟妹萧条各何在，干戈衰谢两相催。"

6. 只一联用对仗。

五律如李白《塞下曲》："五月天山雪，无花只有寒。笛中闻折柳，春色未曾看。晓战随金鼓，宵眠抱玉鞍。愿将腰下剑，直为斩楼兰。"

杜甫《即事》："闻道花门破，和亲事却非。人怜汉公主，生得渡河归。秋思抛云髻，腰支胜宝衣。群凶犹索战，回首意多违。"

7. 全诗皆不对仗

也有全首均不用对仗的，虽然平仄、押韵符合律诗的要求，但少了律诗必须对仗这一要素，也极为罕见，可作为"入律的古风"看待，就不能称其为律诗了。

三、绝句对仗

绝句是否对仗，一凭作者之便，完全没有格律规定。前人作品中有几种情况：

（一）全诗用对仗。

五绝如杜甫《绝句》："迟日江山丽，春风花草香。泥融飞燕子，沙暖睡鸳鸯。"

七绝如杜甫《绝句》："两个黄鹂鸣翠柳，一行白鹭上青天。窗含西岭千秋雪，门泊东吴万里船。"

（二）全诗不用对仗。

五绝如唐代刘方平《春雪》："飞雪带春风，徘徊乱绕空。君看似花处，偏在洛城中。"

七绝如宋代范成大《村居即事》："绿遍山原白满川，子规声里雨如烟。乡间四月闲人少，才了蚕桑又插田。"

（三）前联不对仗后联对仗。

五绝如孟浩然《宿建德江》："移舟泊烟渚，日暮客愁新。野旷天低树，江清月近人。"

七绝如宋代司马光《客中初夏》："四月清和雨乍晴，南山当户转分明。更无柳絮因风起，唯有葵花向日倾。"

（四）前联对仗后联不对仗。

五绝如李白《独坐敬亭山》："众鸟高飞尽，孤云独去闲。相看两不厌，只有敬亭山。"

七绝如宋代赵师秀《有约》："黄梅时节家家雨，青草池塘处处蛙。有约不来过夜半，闲敲棋子落灯花。"

绝句以全诗不用对仗为常见；前联用对仗而后联不用对仗者次之；全诗用对仗者较少。

总之，律诗以中间两联全用对仗为正格。绝句是否用对仗完全是自由的。排律，无论多少句，除首尾两联可以不用对仗外（对，也是可以的），中间诸联，一律要用对仗。

近体诗的对仗，还有一些避忌需要注意。

一是避免同字对（"掉字格"除外），二是避免合掌。所谓"合掌"，是指如果刻意求工，一味追求名词小类相对的"正对"，则很容易流于同义词相对。对句与出句的意思过于接近，便是合掌。如明代王世懋《艺圃撷余》评曰："郎士元诗起句云：'暮蝉不可听，落叶岂堪闻'，合掌可笑。"其中"不可听"与"岂堪闻"同义，就属合掌，是不宜用为对仗的。

四、折腰体

折腰体，是格律诗在平仄上的一种变格的称谓。第一，要"从中"失粘；第二，虽格律上"从中"失粘，但在诗意上并不截断。简而言之，折腰体只是平仄格律上的一种变化，与整首诗的诗义无关。

严羽《沧浪诗话·诗体》云:"有绝句折腰者,有八句折腰者。"这里的"八句",即是指律诗,包括七律、五律,但不包括长律。

绝句只有四句,所谓"中失粘",即第二句和第三句的平仄原本是要相粘的,而故意作失粘处理。同理,八句的律诗,第四句和第五句的平仄原本也是要相粘的,而故意作失粘处理。

要强调的是,折腰后的平仄,须继续按粘对的规律顺承下去,该对的仍需对,该粘的仍需粘。从形式上看,后半部分的平仄基本与前半部分的平仄相同。

古人在创作格律诗时,极大部分是严格按照平仄格律的正格进行创作的。但为了防止千篇一律,也进行了一些平仄变化的尝试,折腰体就是其中之一,这可以说是一种对审美更高意义上的追求。这种少量存在的不和谐,由于不对正格构成威胁,故反而形成了一种辩证意义上的缺陷美。

折腰体作为诗体名称,最早出现在高仲武编选的《中兴间气集》中。该书选了大历十才子之一崔峒《清江曲内一绝》:"八月长江去浪平,片帆一道带风轻。极目不分天水色,南山南是岳阳城。"何谓折腰体,唐人没有解释,也许有过解释,可惜失传了,宋人的解释很简单。惠洪《天厨禁脔》卷上云:"折腰步句法:《宿中山》:'幽人自爱山中宿,更近葛洪丹井西。庭前有个长松树,夜半子规来上啼。'前诗韦应物作,虽中失粘而意不断也。"宋·魏庆之《诗人玉屑·诗体》释之曰:"折腰体,谓中失粘而意不断。"所谓"中失粘"者,指第二句与第三句平仄失粘;"意不断"者,则指两句之间联系紧密,意脉不断。

如王维《送沈子福归江东》:"杨柳渡头杨柳稀,罟师荡桨向临圻。惟有相思似春色,江南江北送君归。"如韦应物《滁州西涧》:"独怜幽草涧边生,上有黄鹂深树鸣。春潮带雨晚来急,野渡无人舟自横。"前者是仄起式,后者是平起式;其共同特点除二、三句失粘外,还有第三句第五字均用仄声;凡遇"仄仄平平仄仄平"句时,第五字均改用平声。"杨柳渡头杨柳稀"是孤平拗救,"上有黄鹂深树鸣"与"野渡无人舟自横"则三平连用。此为最典型的折腰体,唐人颇爱用之。如白居易《游仙游山》:"暗将心地出人间,五六年来人怪闲。自嫌恋着未全尽,犹爱云泉多在山。"此为平起式,第二句

"人"字平声，第三句第五字"未"用仄声，下句第五字以平声"多"拗救。格式与韦应物《滁州西涧》相同。

又如赵彦昭《奉和圣制人日玩雪应制》："始见青云干律吕，俄逢瑞雪兆阳春。今日回看上林树，梅花柳絮一时新。"应制竟用折腰体，可知已成一时之风气矣！此诗格式略同于王维的《送沈子福归江东》，第三句第五字亦用仄声，只首句不押韵耳。崔峒《清江曲内一绝》实亦此格，唯第三句不用拗体，首句则遵王维体用韵而已。

亦有只折腰而不用拗句者，如上官仪《春日》："花轻蝶乱仙人杳，叶密莺啼帝女桑。飞云阁上春应至，明月楼中夜未央。"陈志岁《斗鸡》："五亩田平踏迹新，噍群围处起禽尘。常说和生犹未得，挑唆血斗是何人？"这两首诗中，上官仪诗乃平起式，除首句不入韵外，三四句不用拗体，盖初唐格律初定，诗人往往循规蹈矩，不敢越雷池半步也。陈志岁诗一二两句与七言格律诗仄起入韵式无异，三四两句是标准的七言格律诗句式。全诗亦不用拗句，只是中间折腰而已。

折腰体并非仅限于七绝，近体诗中五绝、五律、七律均可用之。兹各举例，略作说明。

五绝之折腰者，如张九龄《自君之出矣》："自君之出矣，不复理残机。思君如满月，夜夜减清辉。"李白《自遣》："对酒不觉暝，落花盈我衣。醉起步溪月，鸟还人亦稀。"前者为平起式，二三句之间折腰，但每句均合律；后者为仄起式，除二三句失粘外，每句均拗，首句连用五仄，次句"盈"字，既救上句"不觉"，又救本句之"落"，句法苍坚高古。三四句"步""人"平仄声互换，与韦应物"春潮带雨晚来急，野渡无人舟自横"声律相同，盖将七言前二字截去，即是"带雨晚来急，无人舟自横"也。

五律之折腰者，如陈子昂《晚次乐乡县》："故乡杳无际，日暮且孤征。川原迷旧国，道路入边城。野戍荒烟断，深山古木平。如何此时恨，嗷嗷夜猿鸣。"唐求《题郑家隐居》："不信最清旷，及来秋已空。数点石泉雨，一溪霜叶风。业在有山处，道归无事中。酌尽一杯酒，老夫颜亦红。"前者平起，只是首联与颔联间失粘，其余各句都合乎律诗要求；后者仄起，每联之间均失粘，且每联都用与李白"醉起步溪月，鸟还人亦稀"同类的拗句，格调极为高古。

  七律之折腰者，如杜甫《咏怀古迹》："摇落深知宋玉悲，风流儒雅亦吾师。怅望千秋一洒泪，萧条异代不同时。江山故宅空文藻，云雨荒台岂梦思。最是楚宫俱泯灭，舟人指点至今疑。"杜甫《所思》："苦忆荆州醉司马，谪官尊酒定常开。九江日落醒何处，一柱观头眠几回。可怜怀抱向人尽，欲问平安无使来。故凭锦水将双泪，好过瞿塘滟滪堆。"王维《和贾舍人早朝大明宫之作》："绛帻鸡人报晓筹，尚衣方进翠云裘。九天阊阖开宫殿，万国衣冠拜冕旒。日色才临仙掌动，香烟欲傍衮龙浮。朝罢须裁五色诏，佩声归到凤池头。"这三首七律均仄起，但第一例是首联与颔联失粘；第三首失粘处在颈联与尾联之间，"怅望千秋一洒泪"与"朝罢须裁五色诏"，均在第五字用仄声，而第六字未以平声相救，与"惟有相思似春色"小有不同，第二例则在四五句与六七句间两次折腰，中间四句声律都略同于韦应物的"春潮带雨晚来急，野渡无人舟自横"，其中"一柱观头眠几回"用孤平拗救，读来音调更为宕折激楚。

附四　律绝诗的拗救

平常所说七言可以"一三五不论",五言可以"一三不论",但在有的句型中是不能不论的。七言必须"二四六分明",五言必须"二四分明"。而在某种句型中,五言之"四"或七言之"六"也并不是非论不可的。也就是说,这一口诀在具体运用中是有条件的,不可一概而论。一般情况下,第一字都可以不论,因为既非音节停顿处,又远离煞尾或韵脚。在七言"仄仄平平仄仄平"中,是不能机械地依照上述口诀"一三五不论"的。如果"一三五不论",第一字或平或仄,不必苛求,第三字第五字可平可仄,就可能出现如下三种情况:

第一种:仄仄平平平仄平

第二种:仄仄仄平平仄平

第三种:仄仄仄平仄仄平

第一和第二种,虽然打乱了两平两仄相间递用的基本格局,但不为病;而第三种则不然,"仄仄仄平仄仄平",第七字平声,是韵脚,此外就只有第四字位置上一个平声字了,这叫"犯孤平",读之不顺,是近体律绝诗的大忌。即使第一字用了平声,作"平仄仄平仄仄平",也属"犯孤平",因为在对句中(押韵句),凡出现两仄夹一平,就算"犯孤平"。五言句则"仄平仄仄平(韵脚)"为"犯孤平"。

凡事不合乎律句平仄规则的句子都是拗句,"孤平"是拗句的一个特例。诗人对于拗句,常常予以补救。如果一句该用平声字的地方不得已而必须用仄声字,那么把本句或对应句中适当位置上该用仄声的字改用平声来补救就可以了。有拗有救，就是"拗救"。拗而能救，则不为病。

拗救有以下几种形式：

一、本句自救

五言"平平仄仄平"，如果第一字该平而必须用仄，成为"孤平"拗句"仄平仄仄平"，那么就把本句第三字的仄改为平来补救，成为"仄平平仄平"，就不拗了。如杜甫《移居公安山馆》："北方天正寒。"（"北"该平而用仄拗，"天"该仄而作平救。）李商隐《蝉》："故园芜已平。"其中"故"该平而用仄拗，"芜"该仄而作平救。）

七言"仄仄平平仄仄平"，如果第三字该平而必须用仄，成为"孤平"拗句"仄仄仄平仄仄平"，那么就把本句第五字的仄改为平来补救，成为"仄仄仄平平仄平"，就不拗了。如杜甫《至后》："远在剑南思洛阳。"（"剑"该平而用仄拗，"思"该仄而作平救。）赵嘏《寒食遣怀》："回首更惭江上鸥。"（"更"该平而用仄拗，"江"该仄而作平救。）请注意，此句尽管第一字该仄而用了平声字"回"，但因为第三字"更"（去声）仄拗，还是在第五字以平声"江"字来补救。可见如果第三字仄拗，那么即使第一字用了平声，也属于"犯孤平"，也是要救的。许浑《寄湘中友人》："南国路遥书未回。"（"路"该平而用仄拗，"书"该仄而作平救。）此句与上一例相同，也是第一字虽用了平声，但第三字仄拗，故第五字还是该仄为平以救之。

七言"平平仄仄平平仄"，如果第一字该平而必须用仄，成为拗句"仄平仄仄平平仄"，那么就把本句第三字的仄改为平来补救，成为"仄平平仄平平仄"，就不拗了。如王昌龄《从军行》："更吹羌笛关山月。"其中"更"该平而仄拗，"羌"该仄而作平救。"笛"，旧读入声。

七言"平平仄仄仄平平"，如果第一字该平而必须用仄，成为拗句"仄平仄仄仄平平"，那么就把本句第三字的仄改为平来补救，成为"仄平平仄仄平平"，就不拗了。如高适《夜别韦司士》："夜钟残月雁归声。"其中"夜"该平而仄拗，"残"该仄而作平救。

217

二、对句相救

　　五言"仄仄平平仄",如果第三字该平而做仄拗,成为"仄仄仄平仄",那么就把对句的第三字该仄而换成平,成为"平平平仄平"来补救。如刘长卿《馀干旅社》"渡口月初上,邻家渔未归。"出句"月"仄拗而对句"渔"平救。戎昱《塞下曲》:"夜后戍楼月,秋来边将心。"出句"戍"仄拗而对句"边"平救。

　　七言"平平仄仄平平仄",如果第一字该平而用仄拗,成为"仄平仄仄平平仄",那么就把对句的第一字该仄换成平,成为"平仄平平仄仄平"来补救。如白居易《蔷薇正开春酒初熟》:"瓮头竹叶经春熟,阶底蔷薇入夏开。"出句"瓮"仄拗而对句"阶"平救。"竹"旧读入声。张祜《爱切换马》:"乍牵玉勒辞金栈,催整花钿出绣闱。"出句"乍"仄拗而对句"催"平救。"出"旧读入声。

　　七言"平平仄仄平平仄",如果第五字该平而用仄拗,成为"平平仄仄仄平仄",那么就把对句的第五字该仄而换成平,成为"仄仄平平平仄平"来补救。如韦应物《滁州西涧》:"春潮带雨晚来急,野渡无人舟自横。"出句"晚"仄拗而对句"舟"平救。"急"旧读入声。杜牧《南楼夜》:"歌声袅袅彻清夜,月色娟娟当翠楼。"出句"彻"旧读入声仄拗而对句"当"平救。范成大《初归石湖》:"行人半出稻花上,宿鹭孤明菱叶中。"出句"稻"仄拗而对句"菱"平救。此种句型,还有一种第五第六字同拗(该平平而仄仄)的情况,而对句第三字亦拗(该平而仄)第五字(该仄而平)救之,即作"平平仄仄仄仄仄,仄仄仄平平仄平"。对句既本句自救又救出句。如许浑《旅怀作》:"眼前扰扰日一日,暗送白头人不知。"(出句"日一"处该"平平"而作"仄仄"拗,对句"白"处该平而仄拗,则"人"处该仄而平,既本句自救,又救出句。"一""白"皆旧读入声。)元遗山《乙未正月九日立春》:"一冬残雪不肯尽,连日苦寒殊未涯。"《望王李归程》:"虞卿仲子死不朽,石父晏婴今岂无。"上二例同此拗救法。如果是出句第六字单拗,对句亦第三字拗而第五字既自救又救出句。作"平平仄仄平仄仄,仄仄仄平平仄平。"如宋代黄庭坚《次韵王稚川客舍》:"五更归梦长苦短,一寸客愁无奈多。"元遗山《游友泉寺》:"霜林染出云锦灿,春色并归风露秋。"

出句"平平仄仄平仄仄",第六字该平而仄拗,对句第三字也可以不拗而只以第五字该仄而平救之,作"平平仄仄平仄仄,仄仄平平平仄平"。如元遗山《自题》:"镜中自照心语口,后世何须扬子云(即扬雄)。"

出句"仄平平仄仄仄仄",第一字该平而仄拗,对句第三字该仄而平救,第五六字该平平而仄仄拗,对句第三字亦然该平而仄拗,则于第五字以平救之,作"仄平平仄仄仄仄,仄仄仄平平仄平。"如高适《重阳》:"百年将半仕三已,五亩就荒天一涯。"出句大拗而以对句救之。

五言"仄仄平平仄",如果第四字仄拗,则对句第三字该仄而平救之,作"仄仄平仄仄,平平平仄平"。如白居易《赋得古原草送别》:"野火烧不尽,春风吹又生。"

七言"仄仄平平平仄仄",如果第三字该平而用仄拗,成为"仄仄仄平平仄仄",那么就把对句的第三字该仄而换成平,成为"平平平仄仄平平"来补救。如杜甫《江村》:"自去自来堂上燕,相亲相近水中鸥。"出句第三字"自"仄拗而对句"相"平救。李贺《南园》:"见买若耶溪水剑,明朝归去事猿公。"出句"若"该平而仄拗,对句"归"该仄而平救。

有时候本句自救又对句相救,效果更佳。五言联"仄仄平平仄,平平仄仄平",如果出句第三字和对句第一字该平而仄拗,那么对句第三字该仄而平,既救本句的第一字,也救出句的第三字,成为"仄仄仄平仄,仄平平仄平"。如李白《宿五松山下荀媪家》:"我宿五松下,寂寥无所欢。"对句"无"字平声,既救本句的"寂"字,又救出句的"五"字。

七言联:"平平仄仄平平仄,仄仄平平仄仄平",如果出句第五字对句第三字该平而仄拗,那么对句第五字该仄而平,既救本句的第三字,也救出句的第五字,成为"平平仄仄仄平仄,仄仄仄平平仄平"。如杜甫《解闷十二首》之一:"山禽引子哺红果,溪女得钱留白鱼。"对句"留"字平声,既救本句的入声"得"字,又救出句的"哺"字。许浑《客至》:"残花几日小斋闭,大笑一声幽抱开。"对句"幽"字平声,既救本句的入声"一"字,又救出句的"小"字。

三、可救可不救

有一种叫"许丁卯句法",因许浑《丁卯集》中多用此种句法而得名。这种特殊拗救句型,在七言"平平仄仄平平仄,仄仄平平仄仄平"一联中,出句第五字仄拗而第三字平救,对句第三字仄拗而第五字平救,两句上下呼应,既各自本句自救,又相互对句补救,亦和谐顺畅,常为诗人们有意用之,成了七言律句中一种特定的平仄格式,作"平平仄仄平仄仄,仄仄平平仄仄平"如许浑《咸阳城东楼》:"溪云初起日沉阁,山雨欲来风满楼。"诗中第五字应用平声,却用了仄声字"日",属于"半拗",本可不救。但诗人在第二句中用第五字"风"进行了补救;本来第二句第五字当用仄声字却用平声字,而"风"救了"日"字是对句救;在本句中第三字本应是平声字,却用了仄声字"欲",所以"风"字又救了"欲"字。何伟棠先生统计此格,共举出许浑《丁卯集》七律中此类句法 39 例。许浑之前,亦有用此格者。如贺知章《回乡偶书》:"儿童相见不相识,笑问客从何处来?"至许浑而特意用之,可视为七言律联之一格。其构成当是源于"孤平拗救"。

五言诗"仄仄平平仄",第三字用仄声字而第四字没用仄声字,叫"半拗",属于可救可不救。如《天末怀李白》:"鸿雁几时到?江湖秋水多。"诗中第一句第三字本该用平声,却用了仄声字"几",是半拗,本来可救可不救的。但作者还是在第二句中用第三字"秋"字给救了。"秋"救"几"也算是对句救。

四、特殊平仄格式

在五言诗"平平平仄仄"、七言诗"仄仄平平平仄仄"句式中,可以将五言的第三、四字、七言的第五、六字的平仄互换位置,即由原来的"平平平仄仄"变为"平平仄平仄","仄仄平平平仄仄"变为"仄仄平平仄平仄",但在这种情况下,五言第一字、七言第三字必须用平声,不再是可平可仄了。

如程颢《郊行即事》:"况是清明好天气,不妨游衍莫忘归。"前句用的就是"仄仄平平仄平仄"的格式。这种格式一般出现在七律诗的第三句和第七句中,可当成正规格式使用。

附五　今平古入声字

A 阿

B 白百剥拨荸亳孛驳脖礴薄馎泊搏博伯箔帛踣鹁馎勃脖渤饽哱钵鲅铍舶铂柏魄拔跋苃八魃别瘪鳖憋蹩逼鼻雹舨

C 出黜吃察啜插擦锸拆出戳撮

D 读犊渎牍椟黩独毒笃督达夺度铎咄掇答搭瘩縫靮夺褡笪妲怛靼挞迭笛敌滴遨狄荻涤镝嫡迪籴德得的牒蝶叠谍喋蹀碟跌迭垤

E 额

F 服缚福伏幅蝠佛拂弗袱发伐罚筏茷阀乏珐

G 聒刮鸹栝国帼蝈掴虢郭廓格胳咯骼革鬲隔膈嗝鸽阁搁疙葛蛤割嘎骨

H 哈蛤喝合盒盍阖曷涸翮核劾鹖龁纥貉黑嘿忽惚斛鹄划滑猾搳耠豁活

J 疾迹积激击唧缉绩吉及汲极级岌屐咭笈急蒺嫉辑楫集给藉籍脊鲫棘即禨姞殛亟戢夹浃铗颊荚戛蛱鹣截桀杰讦竭碣揭偈捷睫婕洁颉结拮鲒接节疖劫孑掬鞠菊踘桔橘局跼侷绝掘崛倔撅厥橛镢蹶蕨獗决诀抉角桷觉谲爵噱（jue）攫

K 嗑瞌颏壳咳哭窟

L 剌拉垃啦邋

M 膜蟆

N 捏

P 泼拍扑仆璞瀑劈撇瞥

Q 漆膝戚七屈曲黢蛐诎缺阙炔掐袷切

S 孰熟缩叔墊赎淑秫菽俗属撒杀刹铩煞刷说舌折失虱石湿实食塞识十拾什

221

《飞鸟集》汉译七言诗

蚀勺芍杓

T 秃凸突托脱橐踢剔榻塌遢贴帖踏

W 屋浥挖喔

X 学穴噱（xue）薛削悉挟楔撷缬褉飊叶胁协歇蝎黠辖侠狭峡浃匣狎呷柙硖瞎撷席夕汐惜昔锡析晳息习席袭隰檄吸翕膝熄媳析淅晰蜥悉觋戌魖顼

Y 一曰约揖压鸭押噎喊喝

Z 竹足卒族镞轴逐蠋粥舳妯啄竺烛筑簌捉卓桌昨作捽筰浞拙浊擢涿琢啄诼灼酌茁斫濯秩浙蛰蛰哲蜇辄辙责则泽择赜酢啧帻箦埴絷摭摘谪只翟宅窄摺磔蛰职直值植殖侄跖掷执踯汁凿着贼杂札扎轧折砸匝咂鍤炸铡闸

222

附六　平仄两用韵字

平水韵中的一些韵字，既可读平又可读仄，且字义相同，此称为可平可仄，在格律诗中无论用在任何位置，平仄皆可。以下是27个常见的平仄两用韵字及其诗例。

一、看

平：韵部，十四寒，平声。例如，唐·虞世南《咏舞》："繁弦奏渌水，长袖转回鸾。一双俱应节，还似镜中看。"

仄：韵部，十五翰，去声。例如，宋·梅尧臣《得沙苑榅桲戏酬》："蒺藜已枯天马归，嫩蜡笼黄霜冒干。不比江南楂柚酸，橐驼载与吴人看。"

二、望

平：韵部，七阳，平声。例如，唐·韦应物《荅赵氏生伉》："暂与云林别，忽陪鸳鹭翔。看山不得去，知尔独相望。"

仄：韵部，二十三漾，去声。例如，唐·戴叔伦《相和歌辞·昭君词》："汉宫若远近，路在沙塞上。到死不得归，何人共南望。"

三、忘

平：韵部，七阳，平声。例如，唐·薛涛《忆荔枝》："传闻象郡隔南荒，绛实丰肌不可忘。近有青衣连楚水，素浆还得类琼浆。"

仄：韵部，二十三漾，去声。例如，宋·范仲淹《江楼寄希元上人》：

223

"清言一以遥，默默江楼上。安得如白云，无心两相忘。"

四、醒

平：韵部，九青，平声。例如，唐·王绩《过酒家》："此日长昏饮，非关养性灵。眼看人尽醉，何忍独为醒。"

仄1：韵部，二十四迥，上声。例如，宋·家铉翁《风雨归舟图》："前津风色恶，断岸寄孤艇。输他田舍翁，午酲犹未醒。"

仄2：韵部，二十五径，去声。例如，宋·释文珦《题听松亭》："别驾公事閒，剪棘开三径。天风引长松，萧萧满清听。坐石琴意真，凭栏醉魂醒。亦使山中人，悠然动归兴。"

五、听

平：韵部，九青，平声。例如，唐·来鹏《子规》："月落空山闻数声，此时孤馆酒初醒。投人语若似伊泪，口畔血流应始听。"

仄：韵部，二十五径，去声。例如，宋·董嗣杲《冷翠谷口占》："谷深谁吟诗，吟惹白猿听。万景虚空生，风微涧光定。"

六、叹

平：韵部，十四寒，平声。例如，唐·张云容《与薛昭合婚诗》："幽谷啼莺整羽翰，犀沈玉冷自长叹。月华不向扃泉户，露滴松枝一夜寒。"

仄：韵部，十五翰，去声。例如，宋·释慧空《示僧》："推出睦州担版汉，是圣是凡齐赞叹。十方世界绝冤亲，不用藏身更吞炭。"

七、翰

平：韵部，十四寒，平声。例如，宋·骆罗宪《与廖检法同行口占分水岭诗》："数声猿叫闽山月，千里思家欠羽翰。疑怪五更衾枕冷，霜壶凛凛逼人寒。"

仄：韵部，十五翰，去声。例如，明·黎民表《自赣石舟行数百里山水多可游涉未能申独往之兴记以八绝》：“时来据鼎足，身后馀篇翰。不见泷冈碑，文章薄秦汉。”

八、障

平：韵部，七阳，平声。例如，宋·欧阳修《拟玉台体·领边绣》："双鸳刺绣领，粲烂五文章。暂近已复远，犹持歌扇障。"

仄：韵部，二十三漾，去声。例如，宋·释印肃《金刚随机无尽颂 法界通化分第十九》："樵唱牵渔唱，川陆无间障。两个且无声，佛在舌头上。"

九、料

平：韵部，二萧，平声。例如，明·梁维栋《山阁杂咏》："合欢花开晚色饶，光趁明月客怀消。相逢且作通宵醉，后夜合离未可料。"

仄：韵部，十八啸，去声。例如，宋·曾几《廿一兄以手和四清香见饷用心清闻妙香为韵成五小诗》："拟去竹坞间，煎茶炷新料。从容二士谈，领会一语妙。"

十、誉

平：韵部，六鱼，平声。例如，宋·彭龟年《刘宗元索余赋愚谷古人以愚自命及命人者多矣余不暇辨姑以二绝言愚之理云》："命谷为愚谷曰愚，人心难似谷心虚。夫君若踏归愚路，坐断人间毁与誉。"

仄：韵部，六御，去声。例如，清·徐元文《怀贤诗·汤巡抚斌》："中丞荷道重，沉静寡物虑。致君托荩诚，推已得强恕。屹焉镇江国，清风畅晨曙。树表畏具僚，惇俗变黎庶。持用悦性情，非取要民誉。"

十一、钿

平：韵部，一先，平声。例如，唐·客户里女子《赠段何》："乐广清羸经几年，姹娘相托不论钱。轻盈妙质归何处，惆怅碧楼红玉钿。"

仄：韵部，十七霰，去声。例如，明·石宝《题吴匏庵东庄诸景·桑洲》："采桑下长洲，桑叶绿如钿。幼妇解眠蚕，缲丝织黄绢。"

十二、慷

平：韵部，七阳，平声。例如，宋·赵蕃《十月见菊》："花前曳杖极徜徉，为汝临风一慨慷。直自东坡仙去后，无人十月作重阳。"

仄：韵部，二十二养，上声。例如，明·沈周《君子堂宴集分韵得上字》："高堂俯阛闹，所喜得虚敞。门内除尘杂，幽然山林想。左右饶茂木，朝禽度幽响。雨至微风俱，况时当长养。朋从非一方，各各慕义往。揖让礼度周，言谈情慨慷。主人金闺彦，忘形尚吾党。探诗侑深酌，请火继嘉赏。咏歌清化间，允著太平象。虽有东封书，怀哉不须上。"

十三、么

平1：韵部，五歌，平声。例如，唐·花蕊夫人徐氏《宫词》："树叶初成鸟护窠，石榴花里笑声多。众中遗却金钗子，拾得从他要赎么。"

平2：韵部，二萧，平声。例如，宋·范成大《真定舞》："紫袖当棚雪鬓凋，曾随广乐奏云韶。老来未忍耆婆舞，犹倚黄钟衮六么。"

仄：韵部，二十哿，上声。例如，宋·释师观《颂古》："真佛屋里坐，开口成话堕。幸自可怜生，教我说甚么。"

十四、欷

平：韵部，五微，平声。例如，宋·孙嵩《生日》："鸿雁关河秋满眼，梧桐风雨冷吹衣。蓼莪自是长休废，独立苍苔一叹欷。"

仄：韵部，五未，去声。例如，宋·韩淲《偶成》："重午是一节，芒种又一气。何因至怡悦，底事苦歔欷。园林无俗情，琴书有真味。贫者自为贫，贵者自为贵。"

十五、泯

平：韵部，十一真，平声。例如，宋·释正觉《颂古一百则》："幡然渭水起垂纶,何似首阳清饿人。只在一尘分变态,高名勋业两难泯。"

仄:韵部,十一轸,上声。例如,明·陈献章《读宛陵先生历览昔贤皆泯泯寻思鲁叟自波波》:"几上凝尘封玉轸,南风不入琵琶引。仲由言志夫子哂,当泯泯时须泯泯。"

十六、颺

平:韵部,七阳,平声。例如,宋·王之道《题南巢地藏寺》:"蚊蜻生花夜更长,睡乡蝴蝶正悠颺。山僧不恤秋眠熟,连打钟声到枕旁。"

仄:韵部,二十三漾,去声。例如,唐·王维《皇甫岳云溪杂题鸬鹚堰》:"乍向红莲没,复出清蒲颺。独立何襜褵,衔鱼古查上。"

十七、轲

平:韵部,五歌,平声。例如,宋·胡寅《病中有感》:"武侯辅世侔伊尹,明道传心继孟轲。五十四年而已矣,小儒如此岂非多。"

仄1:韵部,二十哿,上声。例如,宋·赵蕃《送梁仁伯赴江陵丞》:"直道多不容,枉道夫岂可。直道诚忤人,枉道还丧我。如君直有馀,为计亦多左。而我枉未能,若为逃轗轲。"

仄2:韵部,二十一个,去声。例如,唐·寒山《诗三百》:"大有好笑事,略陈三五个。张公富奢华,孟子贫轗轲。只取侏儒饱,不怜方朔饿。巴歌唱者多,白雪无人和。"

十八、售

平:韵部,十一尤,平声。例如,元·郭贞顺《归宁自叙时年已一百二十馀岁。伯玉与季子先作,已祀乡贤》:"天甲年来度二周,暮桑榆景雪盈头。五经立业儒家雅,三子成名壮志售。桥梓有光联俎豆,柏舟无憾泛横流。阶前兰玉森森秀,斑䌽扶来到首丘。"

仄:韵部,二十六宥,去声。例如,宋·徐经孙《觉溪八景东源诗社》:"诗家在东皋,鸡林价争售。作者复几人,风月三千首。"

十九、瓠

平：韵部，七虞，平声。例如，宋·释道济《偈颂》："小黄碗内几星麸，半是酸齑半是瓠。誓不出生违佛教，出生之后碗中无。"

仄：韵部，七遇，去声。例如，宋·韩淲《偶成》："招之不来麾不去，不动声色泰山措。拙于用大无所容，枵然魏王五石瓠。"

二十、畛

平：韵部，十一真，平声。例如，清·胤禛《园景十二咏耕织轩》："轩亭开面面，原隰对畇畇。禾稼迎窗绿，桑麻窣地新。檐星窥织火，渠水界田畛。辛苦农蚕事，歌诗可系豳。"

仄：韵部，十一轸，上声。例如，宋·释正觉《偈颂》："本源无风波，真界绝涯畛。木人步月归，转侧功勋尽。"

二十一、崦

平：韵部，十四盐，平声。例如，唐·顾况《山径柳》："宛转若游丝，浅深栽绿崦。年年立春后，即被啼莺占。"

仄：韵部，二十八俭，上声。例如，明·高启《雨中过玉遮山》："寻钟入苍茫，一涧复一崦。落叶去方深，山扉雨中掩。"

二十二、浸

平：韵部，十二侵，平声。例如，宋·范成大《双庙》："平地孤城寇若林，两公犹解障妖浸。大梁襟带洪河险，谁遣神州陆地沉。"

仄：韵部，二十七沁，去声。例如，宋·张镃《贺尤礼侍兼修史侍讲直学士院》："道传至孔孟，人主不已任。空言课讲说，日用惑已甚。圣朝重横经，仁泽天下饮。公谈故纸外，句句格精浸。"

二十三、籽

平：韵部，四支，平声。例如，宋·张镃《梦觉》："二十年前事，浑如梦觉时。漫行荒路径，难认旧亭基。尚记因逃暑，曾来学赋诗。如今无可好，植杖欲耘耔。"

仄：韵部，四纸，上声。例如，宋·梅尧臣《和孙端叟寺丞农具耘鼓》："挂鼓大树枝，将以一耘耔。逢逢达远近，汩汩来田里。功既由此兴，饷亦从此始。固殊调猿猴，欲取儿童喜。"

二十四、讪

平：韵部，十五删，平声。例如，宋·李公麟《赠蔡天启》："上溯虞姒亦易尔，下者始置周秦间。造端宏大町畦绝，往往世俗遭讥讪。"

仄：韵部，十六谏，去声。例如，明·曹于汴《省躬诗》："以言教者雔，以言教者讪。几席笑谈间，好师成大患。"

二十五、漩

平：韵部，一先，平声。例如，元·寿宁《静安八咏涌泉》："坤之机兮下旋，涌吾水兮泡漩。一气孔神兮无为自然，吁嗟泉兮何千万年！"

仄：韵部，十七霰，去声。例如，清·徐昂发《相见湾词》："人厌溪湾迟，我爱溪湾漩。三暮三朝见百回，相思那及长相见。"

二十六、浏

平：韵部，十一尤，平声。例如，宋·朱槔《春寒》："人道春寒早系舟，楚山一夜雨浏浏。此生削迹江边路，嫩绿纷红只自愁。"

仄：韵部，二十五有，上声。例如，明·庞嵩《玉女潭佳境虬鼍峡》："泉出漱玉轩，奔流迤东首。水石固有所，行遇嗔相偶。天河落万丈，直出龙门口。砥柱屹不动，壮哉遏湍浏。乍惊龙马饮，下破虬鼍走。此可凭观澜，君莫笑迂朽。"

二十七、瑳

平：韵部，五歌，平声。例如，宋·李纲《寓郁林著易传有感》："谪来海峤远兵戈,精义微言得切瑳。地入郁林怀陆绩,桴浮沧海学东坡。圣经广大随人取,众说纷纶奈若何。从此梁溪作诗少,用心已向六龙多。"

仄:韵部,二十哿,上声。例如,宋·陆游《书叹》:"人生如春蚕,作茧自缠裹。一朝眉羽成,钻破亦在我。少年不自珍,妄念然烈火。眼乱舞腰轻,心醉笑齿瑳。馀龄幸早悟,世味无一可。但忆唤山僧,煎茶陈饼果。"